Estimado/a lector:

Quiero agradecerte que hayas optado por comprar este libro y espero que lo disfrutes, tanto como yo he disfrutado escribiéndolo.

Te dejo una dedicatoria de mi puño y letra por si nunca llegamos a coincidir, pues de esta forma te expreso mi gratitud y afecto por confiar en mi novela.

Ahora disfruta de su lectura y recibe un afectuoso abrazo.

Otro
Cuento
De
Navidad
J.R. NAVAS

Diseño Cubierta: José Ramón Navas
ISBN: 979-8708361912
1ª Edición: Marzo 2021

"Celebraré la Navidad de todo corazón y procuraré hacer lo mismo durante todo el año. Viviré en el pasado, en el presente y en el futuro."

(Canción de Navidad. Charles Dickens)

Índice

PROLOGO DEL AUTOR

Estimado amigo, o amiga, quiero agradecerte que hayas comprado este libro en concreto. Quienes me conocen, saben cuántas obras he publicado y que éstas se encuentran muy alejadas de lo que vas a leer a continuación. De hecho, esta novela que tienes entre tus manos es un homenaje a uno de mis autores favoritos –por no decir que es mi mentor en la distancia del tiempo–, que no es otro que el denominado "inventor de la Navidad", Charles Dickens.

Lo cierto es que siempre me han apasionado sus obras por el marcado carácter de reivindicación social y cómo logró reflejar una época tan dura como fue la Inglaterra de mediados del siglo XIX, la conocida como Edad Victoriana y que estuvo marcada por la Segunda Revolución Industrial y los conflictos bélicos derivados de las contiendas coloniales que el Imperio Británico mantuvo en diferentes rincones del planeta.

De todos estos acontecimientos, las consecuencias fueron devastadoras para una nación que vio alterado el sistema social y productivo, lo que provocó una gran crisis económica que afectó a diversos estratos de la sociedad. En sus novelas Dickens quería dar voz a aquellos que no la tenían y que él convirtió en personajes que nos emocionaron con las historias que vivían.

Sin embargo, su obra cumbre fue la archiconocida novela

corta 'Una Canción de Navidad'. Puede que hablar de ella pueda resultar algo pretencioso y repetitivo para muchos y muchas de ustedes, pero sigo considerando esta historia como la obra más grande que jamás se haya escrito. La forma en que nos muestra nuestros fantasmas interiores y cómo hacerles frente es, simplemente, algo que sólo la mente de un genio fue capaz de hacer. Charles Dickens logró eso y más, nos hizo reconciliarnos con nuestros "yo" del pasado, nos hizo aceptar nuestros fracasos como seres humanos para aprender de los errores que cometemos y, lo más importante, nos ayudó a ver el futuro siempre con esperanza.

Más allá del proceso de empatía que el personaje de Ebenezer Scrooge nos hizo pasar al leer la novela, lo cierto es que hubo otro elemento que nos marcó y no es otro que lograr que amáramos la Navidad como lo que realmente es, la mejor época del año. Por supuesto, se ha establecido en muchas partes de nuestra sociedad moderna la idea de que estas fiestas son para convertirnos en zombis consumistas, pero yo no lo veo así.

Creo que la Navidad es la época en la que podemos meternos en una burbuja de felicidad, reconciliarnos con todo lo que hemos vivido durante el año y donde podemos dar lo mejor de nosotros mismos, sin miedo a que nos hagan daño o dejándonos llevar por la desconfianza y el desaliento que tenemos que sufrir el resto de los meses.

Nuestro mundo, en pleno siglo XXI, puede que no sea igual que el que Dickens nos describió en su época, pero hay cosas que no cambian nunca, pase el tiempo que pase, y es que la condición humana siempre es igual. Hay personas altruistas, bondadosas, generosas y amables; pero también hay personas mezquinas, desagradables, egoístas y hedonistas. Así fue en el siglo XIX y así sigue siendo ahora. Por esto mismo, es por lo que llevaba varios años dando vueltas a esta idea que ahora cobra forma. Es una adaptación de una historia atemporal que puede darse en cualquier lugar y en cualquier año, pero adaptada a mi estilo de escritura.

En definitiva, lo que pretendo mostrarte en esta novela, mi querido amigo, o amiga, es que podemos cambiar el contexto de las situaciones, pero los fantasmas de la Navidad siempre estarán ahí esperando a que nos olvidemos del espíritu navideño para venir en mitad de la noche y recordarnos que estamos equivocados.

Disfrutemos de nuestros seres queridos, de la salud que tengamos, de lo poco o mucho que haya en nuestra cuenta bancaria, pero, sobre todo, disfruta de ser una buena persona. Sé un embajador de la Navidad.

PREFACIO

Esta es una historia real, aunque no quieras creerlo. Pasó hace unos años, pero para mí que es como si no hubieran caído las horas por las manecillas del tiempo. Recuerdo todo como si hubiera pasado ayer mismo, y sobre todo recuerdo cómo me lo contó el protagonista de este relato.

El personaje en cuestión no podríamos decir que era un hombre querido por nadie, ni tan siquiera tenía el aprecio de sus colegas de profesión. Incluso puedo asegurar que no sería de tu agrado si lo hubieras conocido hace algunos años, antes de que esta historia tuviera lugar. Créeme, esta persona era el ser humano más abominable que pudieras imaginar.

Tengo que ser sincero contigo, mi querido lector, o lectora, nunca pensé que llegaría a escribir esta historia, pero aquí estoy, sentado delante del ordenador y con mi viejo amigo canino tumbado en el sofá que tengo al lado. Los dos tenemos frío, pero podemos calentarnos y contener los glaciares susurros del viento del norte fuera de nuestro apartamento.

En fin, como iba diciendo, esta es una historia real y sé que no hay forma de demostrarlo para que me creas, así que voy a dejar que mis palabras salgan solas y sacarás tus propias conclusiones cuando termines de leer esto.

Mientras tanto, mi perro y yo seguiremos aquí metidos durante todo el camino en el que te voy a guiar. Con la chimenea encendida, con una taza de café en mi escritorio y con una manta colocada sobre mis rodillas. Desde luego, no se puede estar más cómodo para escribir una historia como ésta, al amparo de un buen hogar.

Sin embargo, no siempre fue así y es ahí donde comienza mi relato, en una época no muy lejana en el tiempo.

ACTO I

EL FANTASMA DE MONTERO

CAPITULO I

Las Palmas de Gran Canaria, 24 de diciembre de 2021.

Montero había muerto, como era previsible que pasara. La vida disoluta y sibarita que llevaba, no le deparaba otro final que el de dormir eternamente en una caja de pino, hasta que ésta y el cuerpo que contenía se deshicieran con el paso de las décadas y se redujeran a polvo.

Elías Avaro lo sabía y era consciente de que el momento del óbito de Isaac llegaría tarde o temprano, pero no se sentía preparado para ello. Al fin y al cabo, era su mejor amigo, o mejor sería decir que era su único amigo; aunque más bien eran dos socios a los que unía la misma pasión: el dinero.

Cuando Isaac Montero falleció, Elías Avaro recibió una importante cantidad del seguro de vida de su compañero, cuyo único beneficiario era él mismo. Ninguno de los dos estuvo casado, ni nunca tuvieron hijos, ni querían saber nada de sus parientes. Así habían establecido su mundo los dos, enfrascados en sus horas delante de un ordenador, revisando inversiones y préstamos que habían dado a diferentes clientes. Nada, absolutamente nada, era más importante que contar hasta el último céntimo que hubieran colocado en bolsa o en fondos de inversión.

El sepelio estuvo compuesto por un mísero responso final de un sacerdote joven, que dispensó el funeral en unos pocos minutos. Luego, el ataúd fue trasladado hasta el cementerio y lo colocaron en un nicho que estaba situado a más de dos metros de altura. Los sepultureros colocaron una ostentosa lápida para tapar la tumba y se retiraron en cuanto acabaron su trabajo, dejando a Avaro solo ante el largo muro que archivaba los cadáveres de decenas de personas que una vez existieron. Así era la visión que tenía el adinerado prestamista de la muerte, un cubículo de poco más de dos metros y medio de largo, casi uno de ancho, por setenta y cinco centímetros de alto, donde la piel dejaría lugar al hueso con el paso de los años.

Cuando el responso terminó, se encaminó a la salida del cementerio de San Lorenzo, en Las Palmas de Gran Canaria. A mediodía, el cielo era de acero y lloraba con desconsuelo sobre la ciudad atlántica. En la puerta de hierro que separaba los muros marrones del exterior, resguardándose como podía, un hombre de mediana edad y de aspecto desaliñado le presentó una mano abierta con la palma hacia arriba, señal de que le solicitaba algo de ayuda económica, por irrisoria que fuera.

Estaba delgado, su rostro lo adornaba una descuidada barba de color negro y se podía ver un tatuaje que llevaba en la muñeca derecha en forma de pintadera canaria. El mendigo estaba en cuclillas, tapándose con una raída manta, la misma con la que también trataba de abrigar a su fiel compañero, un perro pequeño de no mejor aspecto que él mismo. Sin embargo, Elías pasó de largo y sólo esbozó una muesca de desagrado ante la presencia del sin techo y su amigo de cuatro patas; «gandul, borracho y despojo humano», pensó.

Se acercó hasta el amplio aparcamiento del camposanto y se introdujo en el coche con indolencia, un lujoso Jaguar. Ni la lluvia, ni el frío, ni el viento del norte consiguieron hacer que su corazón sintiera el más mínimo atisbo de lástima por el desdichado que todavía le miraba desde la distancia. Él apartó la vista y colocó el dedo pulgar sobre el botón de arranque del vehículo. Apretó el botón del cambio automático en la posición "Drive" y aceleró de tal manera, que las ruedas traseras patinaron sobre el mojado asfalto, obligándole a realizar una maniobra de contravolante para compensar la dirección.

Durante unos minutos condujo por las calles de Las Palmas para dirigirse hasta su casa, un edificio de estilo modernista canaria que estaba en plena Alameda de Colón, justo enfrente de la plaza y con el edificio del Gabinete Literario de Las Palmas a la vista. Buscó aparcamiento lo más cerca posible, en la calle Terrero, y tuvo la suerte de encontrar un hueco bastante amplio para estacionar el vehículo. En muchas ocasiones, no le quedaba más remedio que dar varias vueltas por las calles de los alrededores para encontrar un hueco.

Dado que era veinticuatro de diciembre y aún le quedaban varias horas al día, tomó la decisión de pasarse primero por su oficina bancaria, que estaba en un lugar muy céntrico y cercano, en la calle Muro, delante de la carretera GC-5. El edificio también era de estilo modernista canario y tenía varias estancias en las que se encontraban los diferentes departamentos del Banco de Canarias, la entidad que fundó junto a su amigo y socio, ahora difunto. Con anterioridad, la edificación había sido propiedad de una conocida firma financiera, pero con la crisis económica reinante tras la pandemia del Covid-19, la marca desapareció de la fachada y fue sustituida por la compañía "Montero & Avaro S.A."

Al entrar se aseguró de que todo estuviera limpio e impoluto, como siempre le pedía a la limpiadora, Sonia Artigas, una mujer canaria, nacida y criada en el barrio de Jinámar, que había contratado hacía unos meses y a la que pagaba un mísero sueldo. La mujer rondaba los cuarenta años, pero debido al peso de las preocupaciones que llevaba encima cada día, aparentaba más edad. Elías sólo se dignó a saludarla cuando pasó a su lado y le echó encima su gabardina empapada, para luego ir en dirección al despacho que tenía en la planta superior. Subió por las escaleras con tranquilidad y dejó a Sonia con la prenda mojada colgando sobre los brazos. De camino a la oficina, se encontró que su secretaria, Berta Lozano estaba con la vista puesta en el ordenador, repasando documentos que él le había mandado escribir a diferentes clientes.

La administrativa era una migrante y tenía treinta y seis años. Hacía doce años que había llegado a las islas huyendo de su marido maltratador y trajo con ella a sus dos hijos y a una hija, con el fin de empezar una nueva vida alejada de la violencia y la pobreza que sufrió en Lima, Perú.

En realidad, era una mujer joven y atractiva, con unos rasgos armonizados que marcaban su origen indígena y que la dotaban de una belleza exótica. Llevaba el negro cabello, de media melena y lacio, recogido en una coleta y miró pasar por encima de la montura de las gafas negras la figura de Elías, que le dedicó una mirada dura y fría. Ni siquiera le hizo un cortés saludo, sólo se limitó a preguntar por los trabajos que le había ordenado que hiciera.

—¿Has preparado las cartas comerciales que te dije? —preguntó el empresario con un tono de voz que podría convertir el agua caliente en hielo.

—Sí, señor, están en el servidor interno de la empresa para que usted las revise —respondió ella sin inmutarse. Estaba acostumbrada a la forma de ser y al duro carácter de su jefe.

Sin decirle tan siquiera un "gracias", Elías continuó su camino y entró en el despacho, cerrando la puerta con un estridente golpe. Berta no hizo caso del desagradable gesto y continuó trabajando en los documentos que aún le quedaban por terminar. Llevaba más de seis años haciéndolo en el mismo rincón, con un escritorio antiguo al que le cojeaba una pata y con un ordenador que, de tanto en tanto, le regalaba un pantallazo azul. Por suerte, ella siempre hacía copias de seguridad de todos los archivos para evitar que se perdieran. En cuanto a la cojera del mueble, lo solucionó poniendo un trozo de cartón debajo de la pata afectada, y del mismo apenas quedaba un pedazo seco y endurecido que formaba parte del propio escritorio.

Las horas pasaron y pronto se acercó la noche para caer sobre la ciudad, al tiempo que la lluvia cambió de atuendo y se transformó en pequeños copos de nieve que comenzaron a caer como si fueran ínfimas porciones de nubes blancas.

Cuando el reloj de la oficina marcó las seis de la tarde, Elías salió del despacho donde había estado encerrado y Sonia, que estaba barriendo por enésima vez las oficinas, supo que era el momento para llevarle un chaquetón seco y unos guantes que él siempre tenía guardados en un armario que estaba situado en un cuarto anexo a su oficina. Ella corrió a buscarlos y no tardó ni dos minutos en colocárselos encima al banquero.

Después de que él hubo salido por la puerta, las dos compañeras y amigas permanecieron en el interior unos minutos más para asegurarse de que todo estaba bien cerrado y ordenado. Esta labor tan cotidiana y rutinaria, en un día como ése, la hacían con más entusiasmo que nunca y también con mayor rapidez.

—¡Menos mal que ya se marchó! —comentó Sonia, a la vez que guardaba todos los utensilios de limpieza y el carro correspondiente en el armario establecido para tal uso.

—Sí, nos tiene aquí trabajando en Nochebuena y ahora tengo que preparar la cena a toda prisa —dijo Berta, que apagó el ordenador y activó la alarma que protegía las instalaciones—. Ese hombre no tiene ningún tipo de sentimiento de empatía.

—Pues yo no sé qué hacer, porque no sé si Cecilio estará en casa —respondió su amiga—. Si es así, entonces algún dia iré a cenar a la Casa del Pueblo.

—Odio ese sitio. —Berta cogió su abrigo y se lo puso, junto a los guantes que llevaba en uno de los bolsillos.

—Es lo que nos queda a nosotras, cielo. —Sonia hizo lo propio con su viejo chaquetón—. No te olvides que somos pobres.

La Casa del Pueblo fue una institución caritativa que recogía a personas sin recursos y les ofrecían lo más básico para subsistir. El nuevo gobierno había retirado las subvenciones a las diferentes ONG's y había montado aquella especie de franquicia de la pobreza para paliar con nimias dádivas las carencias más elementales de la gente necesitada.

—¿Por qué no vienen a mi casa tú y los niñas? —dijo la secretaria.

—No queremos molestar, Berta, que bastante tienes ya encima con lo de Ismael.

—¡No molestan, por Dios Santo! —Se acercó a su amiga y le pasó el brazo por encima del hombro—. Aunque ese chiquillo me saca de quicio, al menos suele portarse bien en noches como esta. ¡Vamos, anímate!

—¿Y si Cecilio se presenta en tu casa y monta un escándalo?

—Para algo tenemos a Hulk, ¿no crees? —bromeó Berta, refiriéndose al perro que su hijo Cristian había recogido de la calle hacía dos años, cuando lo encontró siendo un cachorro que rebuscaba en los cubos de basura.

El animal era una mezcla de Presa Canario con American Stafford, por lo que tenía una planta imponente y era un buen guardián para la familia. Sonia sonrió y la abrazó, mientras unas lágrimas asomaron el balcón cansado de sus párpados arrugados. Los ojos marrones de la limpiadora mostraban una carga emocional tan grande que Berta no dejaba de sentir lástima por ella. La secretaria sabía bien lo que era vivir bajo el yugo de la violencia de género y por eso huyó de su país hacía tantos años, cuando sus dos hijos mayores, Ismael y Cristian, aún eran pequeños. Luego tuvo a Elvira, a la que trajo al mundo en Las Palmas, producto de una relación fugaz con un policía español. Él nunca quiso saber nada de la cría y dejó a Berta sola, cuidando de sus tres vástagos.

Pero a ella le daba igual el pasado, pues luchaba cada día para sobrevivir al día a día y procurarle una vida mejor a sus hijos, y aunque no estaba teniendo mucho éxito en esta empresa, al menos sabía que estaba poniendo todo de su parte para hacerlo posible. Era consciente de que Sonia vivía una situación parecida y por eso estaban tan unidas. Eran como dos hermanas que el destino había unido para superar juntas los peores momentos. Y también para que celebrasen juntas la Nochebuena, aun con todos los problemas que pudieran tener. Esa noche se olvidarían de ellos y disfrutarían de un paréntesis de felicidad.

Elías llegó a su casa unos minutos después de abandonar las oficinas. Maldijo la nevada que caía en ese momento y se despojó del chaquetón que llevaba encima, arrojándolo sobre el aparador que tenía a su derecha, en la entrada. Ordenó al sistema de inteligencia artificial que controlaba el hogar que encendiera las luces y que pusiera su música favorita, la "Overtura 1812", de Tchaikovsky. Pronto, al son de los primeros acordes que sonaban en un ascenso constante de intensidad, se deshizo del resto de la ropa y se introdujo en la ducha, también controlada por el sistema de domótica.

Después de asesarse, decidió que era hora de ir a casa de uno de sus más distinguidos clientes y que le había invitado a la típica fiesta navideña que se celebraba todos los años en una lujosa villa que el inversor tenía en las afueras de Las Palmas de Gran Canaria, entre Tamaraceite y Teror.

Eligió un elegante traje y unos zapatos de una conocida marca de diseño para adecuar su atuendo con el fasto de la celebración. Sabía que sería una velada llena de opulencia y rodeada de sibaritas como él, y tenía fama de ser un hombre muy exigente con la etiqueta y los lujos; es más, todo el mundo sabía que Elías no se conformaba con cualquier baratija, ni mucho menos permitía que se le invitara a una fiesta sin que ésta no tuviera el mejor catering disponible. Por eso, y por otras razones relacionadas con el dinero, el banquero aceptó la invitación de Carlos Vélez y su socio, Agustín Zurriaga, dos de los empresarios hoteleros más importante de Canarias.

Finalmente, cuando los cañones sonaron como final de la obra clásica que aún resonaba en los altavoces de la casa, Elías terminó de prepararse y cogió las llaves del coche para salir y dirigirse hasta la mansión que le esperaba en un privilegiado emplazamiento, donde las vistas de la ciudad eran un deleite para la vista.

Sin embargo, a él poco le importaban los paisajes, ya que sólo iba a la fiesta por una razón, tan poderosa y atractiva, como la miel lo es para las moscas. Esa poderosa fuerza no era otra que el dinero. Precisamente por eso había acudir al festejo, ya que esperaba tantear posibles inversores que ampliaran su caudal monetario.

Apenas tardó quince minutos en llegar hasta la mansión donde tenía lugar el evento y se presentó con su porte altivo ante el resto de invitados, que le conocían bien y eran conscientes de su carácter huraño y mezquino. De todos modos, a pesar de esto, en lo que estaban de acuerdo era en su enorme capacidad empresarial para desarrollar operaciones que otros pasaban por alto. Era un genio de las finanzas y de eso no cabía la menor duda.

—¡Bienvenido, Elías! —le saludó Agustín en cuanto le vio. Se acercó a él y le tendió la mano, que estrecharon con firmeza ambos.

—Gracias por la invitación, señor Zurriaga. —El banquero hizo uso de toda la cortesía que pudo para aparentar el desagrado que le producía estar rodeado de personas desconocidas. Es más, odiaba estar con nadie que no fuera consigo mismo.

—No, debo agradecerle a usted que la haya aceptado —replicó el empresario—. Es muy importante su presencia aquí esta noche, mi estimado señor Avaro.

—¿Por qué es tan importante?

—Su reputación como inversor y gestor está fuera de cualquier duda y aquí hay personas de mucho dinero que están deseando saber en qué pueden invertirlo para aumentar sus ingresos. Todos sabemos que es el mejor en su trabajo y nos gustaría que nos orientara en el futuro.

—Entiendo, tienen billetes pero nada de cerebro para el mundo empresarial —comentó Elías con tono jocoso.

—No sea usted tan cruel, amigo mío —le amonestó con tacto Agustín—. Aunque creo que no va muy desencaminado en su apreciación.

—Sepa algo, señor Zurriaga, si soy el mejor es porque no tengo contemplaciones a la hora de comenzar una operación. El dinero es mi arma y las inversiones son mi campo de batalla, y ahí me muevo sin piedad alguna con mis oponentes.

—Soy consciente de ello, señor Avaro, y por eso mismo le invité a la fiesta.

—¿Quiere decir que nuestra futura alianza tiene algún inconveniente? —preguntó Elías, que ya se olía por dónde iban las palabras de Agustín.

—Digamos que hay algunas personas a las que habría que dejarles claro que es mejor no meterse en nuestra fusión. —El empresario dejó claro que había competencia poco grata para ambos.

—No te preocupes por eso, mi estimado socio —dijo

Elías, que le tuteó sin previo aviso—. Ya me encargaré de que se les quiten las ganas de meter las narices en nuestros asuntos.

—No lo dudo, Elías, no lo dudo —apostilló el empresario, que cogió una copa de champán en cuanto uno de los camareros pasó a su lado. Se la tendió al banquero y ambos las alzaron en gesto de brindis—. Estoy seguro de que nuestra futura sociedad estará en buenas manos, mi querido Elías.

—Tenlo por seguro, Agustín —aseveró él con una aviesa sonrisa dibujada en el rostro.

"Sin embargo, Elías pasó de largo y sólo esbozó una muesca de desagrado ante la presencia del sin techo y su amigo de cuatro patas; «gandul, borracho y despojo humano», pensó."

CAPITULO II

Las Palmas de Gran Canaria, 24 de diciembre de 2028.

Pasaron siete años desde que Isacc Montero murió y Elías siguió llevando el banco con la misma dureza e insensibilidad de siempre. La nieve comenzó a caer ese mismo día por la mañana y no paró durante toda la jornada, lo que hizo que las calles de la ciudad se vieran cubiertas por un manto blanco al que los habitantes canarios se habían acostumbrado con el paso de los últimos inviernos. Poco quedaba ya de aquellas imágenes de sol y temperaturas agradables que solían tener las islas durante las décadas anteriores. Después de dos mil veinte, todo comenzó a cambiar y el proceso no se detuvo en ningún momento, de hecho, todo el planeta estaba sufriendo las mismas consecuencias del cambio climático.

Esa misma tarde, Elías estaba trabajando en su despacho, encerrado en él, y Berta seguía haciendo las labores que él le mandaba, usando el mismo ordenador que estaba colocado sobre el mismo escritorio. Estaba calada hasta los huesos, pero no pudo encender la calefacción porque lo tenía prohibido por su jefe, pues decía que el coste de la factura de la luz cada vez era más elevado y no quería gastar un céntimo más de lo necesario.

—¡Apagad ese trasto infernal! —exclamó Elías, hacía cuatro años, cuando ella y Sonia intentaron calentarse y protegerse del frío exterior—. ¡Tened en cuenta que el sobrecoste de la próxima factura de la luz saldrá de vuestros bolsillos, necias!

En efecto, el banquero cumplió con su palabra y la diferencia de casi cincuenta euros con respecto a la misma factura del mes anterior la pagaron entre las dos. Desde entonces, a pesar de las gélidas temperaturas que azotaron el archipiélago en los inviernos posteriores, las dos prefirieron armarse de ropa de abrigo y llevaron mantas con ellas al trabajo. Es más, incluso ocultas bajo tantas prendas, siguieron sintiendo el helado aire a su alrededor. Ya no sabían si era por el clima o por la actitud de Elías, cuyo corazón era un glaciar que latía sangre congelada, la voz era como una ventisca siberiana y su mirada emitía la misma temperatura que una lejana estrella, es decir, nada de calor.

—No os vayáis hasta que no termine de cerrar las cuentas —dijo él, asomando la cabeza por el quicio de la puerta del despacho cuando se acercó la hora estimada de clausura de las oficinas.

—¿Tardará mucho, señor? —preguntó Berta, que esperaba no demorarse para ir rápido a casa y celebrar la Nochebuena con su familia.

—Eso no es asunto vuestro.

Elías volvió al interior y cerró la puerta de golpe con brusquedad. Se sentó delante del ordenador y abrió un archivo de base de datos para continuar con la contaduría de sus ganancias de ese mismo año. Se había enriquecido casi un treinta por ciento con el cobro de embargos a morosos de sus propiedades, así como a través de la gestión del *holding* inmobiliario que había ido adquiriendo a lo largo de los años. Sin embargo, le interrumpieron cuando no llevaba ni diez minutos sacando cuentas y analizando estadísticas.

En la pantalla apareció un icono de color azul que comenzó a latir como un corazón virtual y Elías leyó en el encabezado que se trataba de uno de sus sobrinos, Alfonso, el mayor de los dos hijos que había tenido su hermana Fátima, que había muerto durante la pandemia que asoló el país en dos mil veinte. En ningún momento, él movió un dedo para salvarle la vida ni para ayudar a sus hijos, que tuvieron que marcharse del país dos años después para buscar un nuevo comienzo lejos de las islas, en Alemania. Durante unos cuantos segundos, el icono siguió parpadeando, se detuvo y luego volvió a aparecer con insistencia. Harto de la molestia, decidió responder a la videollamada.

—¡Hola, Tío! —El joven le saludó con efusividad con la mano a través de la cámara web—. ¿Cómo va todo?

—¿Qué quieres? —Elías no le saludó, ni tampoco miró a la pantalla, se mantuvo observando unos documentos que tenía sobre la mesa.

—¿Todavía me lo preguntas? —Alfonso sonreía como un colegial. Tenía el mismo rostro anguloso y atractivo de su madre, a pesar de superar los cuarenta y cinco años.

—¿Otra vez vas a insistir con esa estupidez de la Navidad?

—¡Por supuesto!

—Pues ya sabes qué te voy a decir, ¿verdad?

—Vamos, Elías, no seas así —insistió su sobrino—. Sé que hemos tenido nuestras diferencias en el pasado, sobre todo desde que mamá murió, pero no te culpo por ello. Coge un avión y ven a pasar las fiestas con nosotros, ¡anímate!

—¡He dicho que me dejes en paz! —exclamó iracundo—. ¿Con qué derecho te crees para molestarme cada año con la misma sandez? ¿Acaso no os he dejado claro que no quiero saber nada de vosotros?

—¡Vamos, Tío, no te pongas así!

—¿Qué no me ponga cómo, sobrino? —El adjetivo le salió como un vómito de serpiente, con un tono venenoso—. Vosotros sólo queréis acercaros a mí con la esperanza de que, cuando muera, heredéis mi fortuna. ¡Buitres carroñeros, eso es lo que sois tu hermano y tú!

—Elías, por favor, escúchame…

—¡No, escúchame tú! ¡Jamás veréis un céntimo, os lo juro!

—Yo sólo quería que sepas que te queremos, aunque nos odies así. —A Alfonso se le rallaron los ojos de lágrimas—. Aquí también tienes una familia y nunca te hemos pedido nada.

—¿Familia? ¡Te has casado con un hombre y habéis adoptado a dos niñas! ¿Qué familia es esa? —Elías no se conmovió por el daño que le estaba provocando a su congénere.

—Es mi familia, la que yo he decidido crear y a la que he decidido amar, aunque no lo apruebes.

—Una familia de desviados sodomitas, ¡qué asco!

—Aun así, aunque tu mentalidad sea tan retrógrada, déjame que te recuerde que hoy es Nochebuena y mañana es Navidad, la celebración del nacimiento de Jesús, y que él mismo dijo que el amor, la tolerancia, el respeto, la solidaridad y el altruismo deben ser las armas de los humanos. Así que, ¡Feliz Navidad, Tío!

—¡Adiós, sobrino! —Elías dirigió el dedo índice al ratón para cortar la conexión.

—¡Feliz Navidad! —repitió Alfonso, esbozando una triste sonrisa.

—¡Adiós! —gritó el banquero, cerrando la aplicación.

Justo después de acabar la conversación, volvió a sus cuentas y sus cuadros económicos para continuar la labor por donde la había dejado. Abrió el programa de contabilidad y terminó de cuadrar las cuentas, grabó el archivo en un *pendrive* y lo guardó en el bolsillo interior del chaquetón que colgaba de la pared. Cuando estaba a punto de ponérselo para salir de la oficina, el ordenador emitió un aviso de recepción de email. Se acercó de nuevo hasta el escritorio y observó en la pantalla que se trataba de un correo de una Organización No Gubernamental de ayuda a los desfavorecidos. En el cuerpo del texto aparecía escrita una especie de carta comercial que solicitaba apoyo para socorrer a las miles de personas que seguían sufriendo las consecuencias de la larga crisis económica.

—¡Qué estupidez! —dijo Elías en voz alta. Borró el mensaje y apagó el ordenador, luego salió del despacho ataviado tan solo con la gabardina negra.

La misma presencia gélida del empresario apareció cuando había pasado más de una hora el momento de cerrar, él salió de la oficina y se dirigió a ellas sin preámbulos, como siempre.

—Mañana os quiero a las dos aquí a las ocho de la mañana —dijo con su habitual tono duro y frío, sin inmutarse.

—¡Pero, señor, mañana es Navidad y es festivo! —replicó Berta, que hasta ese día nunca había tenido que trabajar en una fecha tan señalada.

—¡Me importa muy poco qué día sea mañana! —gritó él, enfadado—. ¡He dicho que tenéis que venir y no se hable más sobre este asunto!

—¡Eso es ilegal, señor! —contestó Sonia, que también se atrevió a rechistar.

—Pues denunciadme si queréis, y al instante siguiente estaréis las dos en el paro, pasando hambre y tiradas en la calle sin poder pagar el alquiler de vuestras casas —las amenazó. Era consciente de su vulnerable situación y lo aprovechaba contra ellas—. ¿Es eso lo que queréis?

—Pero… —Berta inventó argumentar algo, pero Elías la interrumpió.

—¡Tú eres una inmigrante sudamericana, así que aquí no tienes los mismos derechos que los españoles, gracias a Dios, a ver si te entra en la cabeza! —Luego se giró hacia Sonia—. ¡En cuanto a ti, no eres más que una vieja ignorante sin estudios!

El racismo y el clasismo latente en sus palabras hirió a las dos mujeres como si fueran espadas toledanas, pero prefirieron mantener la boca cerrada porque sabían que tenía razón. Hacía un año que una coalición de ultraconservadores había ganado las Elecciones Generales en España y una de las primeras medidas que decretaron fue la supresión de ayudas sociales para migrantes extranjeras y para víctimas de violencia de género, entre otras.

El país iba camino de convertirse en una especie de pseudodictadura liberal, que había cortado de raíz muchos de los privilegios que la población tenía desde finales de los años setenta del siglo anterior. Ahora, con la perspectiva que se presentaba a nivel socio-económico, lo mejor que podían hacer las dos era mantener su puesto de trabajo. En efecto, el silencio fue la respuesta más sabia que podían dar a las órdenes de Elías.

El banquero era miembro del partido que gobernaba en ese momento y lucía con orgullo una insignia de oro que colgaba de la solapa de su chaquetón negro, cuyo emblema era una especie de águila de dos cabezas y una cruz que la atravesaba por detrás de las alas. Su ideología y su forma de ver la vida se acercaban por completo a lo que habían expuesto los líderes del partido en los mítines de la campaña electoral. Siempre esperó que llegase ese momento, sobre todo después de la crisis económica que vino después de la pandemia del coronavirus. Él sacó tajada de eso durante los últimos años y no sentía el más mínimo remordimiento por ello.

Después de poner en funcionamiento las alarmas y de que las dos mujeres se hubieran marchado, Elías cerró las oficinas y se encaminó hacia su casa a pie, haciendo el trayecto bajo una incesante nevada que seguía sin dar tregua a la ciudad. Sacó el móvil de uno de los bolsillos del pantalón y realizó algunas llamadas para organizar su particular fiesta en su propia casa.

Para ello, contó con comida a domicilio de uno de los mejores restaurantes, que también le llevarían algunas botellas de vino y licores; y contactó con una agencia de señoritas de compañía y con un distribuidor de sustancias de dudosa legalidad. Antes de llegar al umbral de la puerta de la mansión, ya había organizado todo lo necesario para montar su propia bacanal navideña.

Mientras realizaba estas llamadas, durante el recorrido hasta su casa, Elías observó a una mujer que estaba sentada en un portal con dos niños pequeños abrazados a su regazo para combatir el frío. Apenas tenían unas prendas harapientas sobre el cuerpo y una fina manta, vieja y sucia, para enfrentarse a las gélidas temperaturas.

—Disculpe, señor, ¿podría ayudarnos? —Ella le avisó para llamar su atención y pedirle alguna limosna—. Nos estamos muriendo de frío y hambre y no encontramos dónde ir.

La mujer no insistió más. El deshumanizado Elías se sentía más allá de lo mundano y continuó su trayecto sin prestar la menor atención. Para él, las personas en situaciones como aquella no eran más que un estorbo para el avance de su sociedad elitista.

"—¡Pero, señor, mañana es Navidad y es festivo! —replicó Berta, que hasta ese día nunca había tenido que trabajar en una fecha tan señalada."

CAPITULO III

Cuando las chicas llegaron a la casa, Elías las recibió elegantemente vestido y con una copa de champán en la mano. Eran cuatro hermosas jóvenes que apenas llegaban a los veinte años de edad y que se mostraron con una fingida felicidad por estar allí en ese preciso momento. Él las invitó a pasar y le acompañaron hasta un salón de más de cincuenta metros cuadrados que estaba situado en la parte trasera de la gran casa que el banquero tenía en la zona céntrica de la ciudad. El mismo tenía una decoración refinada y minimalista, donde la pulcritud y la limpieza brillaban ante los ojos asombrados de las muchachas, que percibieron al momento el aroma de los billetes que podrían sacar esa noche de fiesta.

Enseguida se lanzaron a comer de los suculentos platos y entrantes que Elías había encargado para el evento, una monumental presentación de diferentes canapés y ágapes que iban desde jamón serrano ibérico de bellota, pasando por unos exquisitos quesos y diferentes clases de marisco y moluscos. Para acompañar tan opípara cena, se hizo traer veinte botellas de champán francés de excelente calidad, otras tantas de vino de primer orden, con diferentes denominaciones de origen, y varias de licor como vodka, ron o whisky, entre otros. Por último, su particular "Doctor Rock", como él le llamaba, le había proporcionado ingentes cantidades de cocaína, pastillas estimulantes y alguna cosa más fuerte, pero que él no estaba dispuesto a tocar. Eso sí, sabía que las mujeres que estaban en la casa probarían prácticamente todo lo que había allí, sin remilgos ni remordimientos.

Durante casi cuatro horas, la fiesta fue transformándose en una celebración orgiástica al más puro estilo de los excéntricos hombres de negocios, grupo al que pertenecía el magnate. La ropa fue desapareciendo poco a poco del cuerpo de las chicas, mientras que Elías paseó sus orificios nasales sobre una mesa de cristal que tenía puesta delante de un gran sofá de cuero. Con semejante mezcla de alcohol y psicotrópicos, el comportamiento del anfitrión fue cambiando hacia actitudes poco agradables para sus invitadas.

Las mismas habían mostrado su desinhibición al desnudarse casi por completo delante de él, incluso no titubearon cuando él les pidió que realizaran algunos pícaros juegos entre ellas, pero llegó un momento en el que la oscura alma de Elías traspasó los límites. Por mucho dinero que pagase, las jóvenes no estaban dispuestas a tolerarlo.

—¿Quién te crees que eres, maldito viejo? —le espetó una de las meretrices, una jovencita que parecía no haber salido aún de la adolescencia, dado su aspecto físico—. ¡Eso me ha dolido!

—¡Eh, te has pasado! —intervino otra de las muchachas.

—¿Qué os pasa? —dijo Elías, molesto con la rebeldía de la compañía que había pagado—. ¡Bastante caras sois y haréis lo que os diga!

—¡Maldito amargado, ahí te quedas! —comentó la joven que había recibido el doloroso bofetón en los glúteos.

Las otras compañeras se vistieron también y dejaron a Elías solo en el salón, mientras ellas abandonaban la casa con un ruidoso portazo que hizo temblar las copas medio vacías de bebidas varias. Él hizo un gesto de asco con el rostro y volvió a inclinarse ante las líneas de la perdición una última vez, lo que acompañó con el último sorbo de champán que le quedaba en la copa. La arrojó contra la chimenea encendida y los cristales saltaron por los aires en mil pequeños pedazos.

—¡Malditas prostitutas! —dijo en voz alta—. ¡No pienso contar más con esa asquerosa agencia para nada, que se mueran de hambre!

Para él, las chicas sólo eran trozos de preciosa carne que podía usar cuando desease. No sabía, ni quería saberlo, qué circunstancias habían empujado a las jóvenes a adentrarse en el escabroso y sórdido mundo de la prostitución. Lo único que le importaba es que había gastado casi seis mil euros en su compañía y le habían dejado tirado en el culmen de la fiesta.

Pero, aun así, Elías no le dio demasiadas vueltas al asunto y llegó a la conclusión de que ya había bebido y se había drogado lo suficiente como para dar por finiquitada la noche y acostarse a dormir. Apenas eran la una de la madrugada y tenía que levantarse temprano para ir al banco a cerrar un acuerdo con un importante accionista que quería invertir en su empresa. De hecho, en realidad ese era el motivo de la celebración que había preparado, aunque le hubiera salido mal.

Fue hasta el lujoso baño y llenó la bañera, se metió en ella y se relajó durante un buen rato hasta que los efectos de la bebida y las drogas empezaron a menguar poco a poco.

Después de estar metido en el agua durante más de media hora, salió del aseo y se puso un pijama encima para meterse en la cama, una gran estructura de recia madera de abedul con un colchón de tres capas que costaba tanto como el sueldo de un mes de Berta.

De pronto, antes de acostarse escuchó un ruido en la parte trasera de la casa que le sobresaltó. Parecía como si toda la cristalería y la vajilla que habían quedado en el salón se estuvieran rompiendo al unísono. Elías se puso una bata al instante, fue hasta la mesa de noche donde guardaba una pistola del modelo Glock austríaco y bajó las escaleras que separaban las dos partes de la mansión. Fue a hurtadillas hasta el salón, pero no vio a nadie, aunque sí se asustó al ver el estropicio que alguien había creado allí. Todo estaba roto o por los suelos, había restos de comida sobre las alfombras y también se notaba que las botellas habían sido estrelladas contra las paredes, pues se podían ver las marcas chorreantes que habían dejado las mismas.

¿Quién pudo haber realizado un acto tan brutal y caótico como ese? Era la pregunta que al banquero le rondaba la cabeza, y también tenía dudas sobre si alguien se habría colado en la casa para robarle. Si era así, tenía el arma preparada para disparar cuando lo considerase necesario. Al fin y al cabo, para algo servía la nueva ley de tenencia de armas que el gobierno había aprobado hacía pocos meses. En el caso de tener que utilizarla en defensa propia, no tendría problema alguno en hacerlo y acabar con quién fuera que estuviera dentro de su hogar.

A pasos cortos y cautelosos recorrió todos los rincones y habitaciones, pero no vio a nadie y decidió que era mejor llamar a la policía. Volvió al salón y cogió el teléfono móvil que había dejado sobre la mesa de cristal cuando bajó desde su dormitorio, y que aún contenía restos de cocaína diseminada por la superficie. Marcó el cero noventa y uno y tuvo que colgar al segundo siguiente, cuando el teléfono y la pistola se le cayeron de las manos sobre el enmoquetado, debido a la impresión que se llevó en ese momento. Acto seguido, se desplomó sobre el sofá y se quedó sentado en estado catatónico.

Allí, de pie y observándole con fijeza, se erguía la figura etérea de alguien a quien él conocía a la perfección. Fue su mejor amigo, su socio y su cómplice durante muchos años, tantos que Elías había olvidado cualquier otra vida anterior a la que había experimentado junto a Isaac Montero. Precisamente éste era la visión que el banquero tenía ante sí. Asustado y aturdido, confundido y espantado, observó que la presencia iba ataviada con el mismo traje negro que había elegido para que le enterraran hacía justo siete años. Su piel presentaba pústulas sanguinolentas que no paraban de supurar una mezcla viscosa de tono anaranjado, debido a la mezcla de pus y sangre. Los ojos estaban blancos por completo y la piel parecía un pergamino viejo, quebrado en algunas partes por la corrupción inevitable de la muerte, lo que dejaba a la vista algunos huesos. Alrededor del espectro, unas cadenas de fuego ardían como hogueras a punto de apagarse y provocaban quemaduras sobre la ropa y la dermis traslúcida.

—Eso es, amigo mío, coge el teléfono y llama a la policía. —La voz de Isaac Montero se escuchó por toda la casa, como si un lóbrego eco resonara ante el sonido de ultratumba—. Así verán que tienes aquí drogas para acabar con una legión de toxicómanos.

—No...no puedes...—Elías dudaba de sus sentidos y sólo supo balbucear algunas palabras sueltas.

—¿Crees que no estoy aquí ahora? —El fantasma se acercó y se sentó en un sofá individual que estaba al otro lado de la mesa. En ese momento, las cadenas chirriaron y prendieron la llama un poco más durante unos pocos segundos—. ¡Malditas sean! —exclamó.

—Está claro que he bebido demasiado y me he metido demasiada droga en el cuerpo —acertó a replicar Elías, que se apartó hasta la otra punta del sillón, poniendo el máximo de distancia entre los dos.

—¡Estúpido insensato! —gritó Isacc. Su tono retumbó e hizo temblar toda la casa, a la vez que las cadenas ardieron más que antes y salpicaron de chispas todo el salón.

—¡Vale, vale, no te pongas así! —suplicó Elías, tapándose la cara con la bata. En la misma quedaron algunas marcas de pequeñas quemaduras—. ¿Por qué has venido? ¿Qué haces aquí?

—He venido a advertirte, viejo amigo.

—¿Advertirme? ¿Sobre qué?

—Mira a tu alrededor, tanto despilfarro y tanto vicio desperdiciado. —Hizo un gesto extendiendo el brazo y paseándolo de un extremo al otro para señalar el salón.

—¡Pero si a ti te encantaban estas fiestas! —dijo el banquero.

—Sí, y mira el precio que estoy pagando. —Levantó una de las cadenas y la mano se prendió fuego. Al soltar el metal incandescente, la piel volvió a cubrir los huesudos dedos—. Esto es lo que te espera a ti también Elías, si no cambias de vida.

—No lo entiendo, ¿qué tiene de malo que disfrutemos de nuestro dinero?

—¿De verdad estás tan ciego, necio? —Las cadenas volvieron a prender un poco más fuerte—. ¿No te das cuenta de que toda esa vida de lujos y opulencia la hemos obtenido a través de la usura y el egoísmo?

—Pero es legal, ¿no?

—¡Oh, Dios Santo! —Esta vez, los eslabones ardieron con más fiereza que antes e Isaac se levantó enfadado—. ¡Lo legal entre los hombres y mujeres a veces es inhumano y cruel, por eso estoy condenado a vivir eternamente encadenado a estos hierros infernales! —Se sentó de nuevo en el sillón y volvió al tono anodino de voz de ultratumba—. Tengo hambre y no puedo comer, tengo sed y no puedo beber, estoy cansado y no puedo dormir; siento las heridas y quemaduras por todo el cuerpo cada segundo de esta existencia y no hay forma de poder remediarlo, Elías.

—¿Y qué quieres que haga?

—Cambia, amigo mío, cambia tu corazón y tu fría alma.

—¿Cómo voy a hacer eso? —El empresario se acercó un poco más, a la vez que el fantasma le hizo un gesto con el dedo para que lo hiciera—. No sé vivir de otra manera, ni tampoco me imagino haciéndolo.

—Mi estimado Elías, viejo amigo, este año se te ha elegido para recibir el Don de la Navidad —dijo en voz baja Isaac.

—¿Y qué es eso?

—Recibirás la visita de los Tres Espíritus.

—¿De qué hablas? —Se apartó del espectro y volvió a su sitio—. ¿Me estás diciendo que me va a pasar lo mismo que a Scrooge en la novela de Charles Dickens?

—Exacto.

—¡Una mierda! —Se levantó del sofá y comenzó a caminar como un león enjaulado por el salón—. ¡Está claro que todo esto es producto de mi mente drogada!

—Cree lo que quieras, Elías, pero no puedes renunciar a esta oportunidad. —Isaac le siguió y le detuvo poniendo una mano enfermiza sobre el hombro del vivo. Éste la miró con cierto asco—. Dickens no dijo todo lo que sabía en su obra.

—¿Ah, no? ¿Qué más le faltó decir? ¿Acaso se le olvidó comentar que Scrooge se fue de fiesta con Santa Claus? ¿Qué creó una fábrica de juguetes con los Reyes Magos y lo convirtió en una franquicia? ¿Qué le faltó?

—Que la visita de los Tres Espíritus de la Navidad no es opcional.

—¿Y qué pasa si me niego?

—Lo verás tú mismo cuando llegue el momento —dijo Isaac. Dicho esto, el fantasma del antiguo empresario se acercó hasta la salida, se giró una última vez y soltó las últimas palabras como si fueran una sentencia—. Te lo advierto, Elías, hazles caso si no quieres acabar como yo. O peor. —Luego, desapareció pasando a través de la pared hacia la calle.

Un segundo después, como por arte de magia, todo el salón se limpió sin que ninguna persona estuviera presente. Los cristales se recompusieron y la vajilla también, las manchas de licor desaparecieron de las paredes y hasta los restos de droga que estaban en la mesa se esfumaron como si nunca hubieran estado allí. Las sobras de la comida fueron engullidas por la chimenea, que ya estaba apagada y en apenas un minuto, todo volvió a estar tan limpio como antes de la fiesta que Elías había organizado. Por último, el móvil volvió a su mano por sí solo y en la pantalla apareció un mensaje de whatsapp en el que pudo leer: «*Esta misma noche, a las tres de la madrugada, vendrá el primer espíritu. Prepárate. Con afecto, tu amigo, Isaac Montero.*»

Cuando Elías se agachó para recoger la pistola, observó que ésta ya no estaba sobre la moqueta. Había desaparecido y no quedaba el menor rastro de la misma.

"Allí, de pie y observándole con fijeza, se erguía la figura etérea de alguien a quien él conocía a la perfección. Fue su mejor amigo, su socio y su cómplice durante muchos años, tantos que Elías había olvidado cualquier otra vida anterior a la que había experimentado junto a Isaac Montero."

ACTO II

EL ESPIRITU DE LAS NAVIDADES PASADAS

CAPITULO IV

Sentado en el mismo sofá, Elías no dejó de mirar su reloj inteligente constantemente, a la espera de que apareciera el primer espíritu que debía venir a visitarle. Le costaba creer que en realidad estuviera viviendo una experiencia tan surrealista, digna de la obra de un escritor inglés que se volvió loco para crear una novela sobre la Navidad. En este caso, aunque seguía teniendo ciertas dudas sobre si lo acontecido con Isaac Montero fue real, prefirió esperar al momento en que los números digitales marcasen las tres de la madrugada para comprobar si era cierto o no que iba a tener que someterse a la presencia de los tres fantasmas.

A su alrededor un silencio sepulcral envolvía el ambiente, como un velo invisible que soportaba un peso inenarrable y que parecía estar a punto de quebrarse en cualquier momento. Elías tenía una sensación de presión en el pecho y pensó que los efectos de la cocaína le estaban pasando factura a su corazón. Respiró hondo en varias ocasiones para intentar calmarse y volvió a mirar el reloj de nuevo, apenas faltaban unos segundos para la hora fijada. Mantuvo los ojos sobre el aparato que tenía atado alrededor de su muñeca y contempló cómo cayeron las décimas en un desfile inexorable que le llevaría a vivir una experiencia vital que no sabía calcular. Llegado el momento, el reloj marcó las tres de la madrugada y Elías levantó la vista para mirar alrededor del salón, pero no vio a nadie.

Buscó por todas partes la presencia del espíritu que se suponía que debía aparecer a esa hora, pero por más que removió muebles, abrió cajones y se movió por toda la casa, no apareció nadie. Cansado y hastiado, convencido de que lo que había pasado con su antiguo socio no era más que el producto de su imaginación, volvió al salón y se sentó en el sillón.

Antes de eso, pasó por la cocina y cogió una botella de agua y la llevó consigo para aliviar la sed que afectaba a la garganta. Abrió el recipiente y comenzó a beber a sorbos largos. Sin embargo, tuvo que interrumpir el proceso porque estuvo a punto de atragantarse.

En la mesita de servicio que estaba justo a su derecha, la tablet que tenía suspendida en el soporte correspondiente se encendió por sí sola y una imagen apareció dibujada en la pantalla oscura. Reflejaba un rostro formado por un sinfín de píxeles diminutos que reflejaban una cara infantil diseñada en 3D. No tenía cuerpo, y la cara tampoco tenía cabello, tan sólo se movía de forma aleatoria por la pantalla y observó a Elías con unos expresivos ojos de color azul.

Al momento siguiente, cuando él fue a coger el aparato de la mesa, la cara se esfumó del cristal y apareció justo delante de donde estaba sentado. Había aumentado considerablemente de tamaño y flotaba en el aire con unas volutas de humo de diferentes colores que se desprendían del contorno del rostro.

—Supongo que eres el Espíritu que me dijeron que aparecería a las tres de la madrugada —comentó Elías, asombrado por la presencia, pero aliviado por haber descubierto que no se había vuelto loco.

—Así es, soy yo. —La voz que hablaba desde el rostro aniñado sonaba tan natural como la de un crío de verdad, pero emitía unos ecos apenas perceptibles cuando terminaba cada palabra.

—No me lo digas, eres el Fantasma de las Navidades Pasadas. —Como era evidente, el empresario conocía a la perfección la historia de Dickens y tuvo claro desde el principio qué pretendía el ente—. Ahora, de alguna forma, me llevarás a ver mi pasado para remover mi conciencia y esperas que me ablande con eso, ¿cierto?

—Sí, y no —respondió el espectro.

—¿Cómo que sí y no? —Elías se mostró confuso.

—Ven conmigo.

Sin que pudiera hacer nada para impedirlo, las volutas de humo multicolor envolvieron al banquero y le arrastraron hasta la pantalla de la tablet. Tuvo la sensación de que entraba por un estrecho tubo que giraba alrededor de ellos a toda velocidad y que brillaba con miles de tonalidades diferentes. Elías sintió que la velocidad crecía y crecía cada vez más, hasta que su cuerpo no soportó tanta presión y estuvo a punto de desmayarse. Fue justo en ese momento cuando la caída frenó en seco y notó que chocaba contra algo, un suelo con losas de color rojo como la terracota. Abrió los ojos y sacudió la cabeza, para incorporarse a continuación y encontrarse de frente con el rostro infantil ante él.

—Ya hemos llegado —le dijo sonriente.

Al instante siguiente, le llegaron sonidos que le resultaron familiares en cuanto los escuchó. Eran risas de personas adultas, de niños y niñas, y también la música, sobre todo una canción que no había escuchado desde que era un crío. "El Tamborilero", cantado por Rafael, resonaba por todas partes y Elías supo entonces dónde se encontraba en ese momento: en la casa de sus padres, en Las Palmas de Gran Canaria. Los sentidos se le agudizaron y vio las paredes pintadas con gotelé de color blanco, los viejos cuadros que colgaban en el salón, sobre todo el de la imagen de una caza del zorro en la Inglaterra de finales del siglo XIX, una representación de más de un metro de largo y casi setenta de ancho. Allí estaba también la vieja televisión a color de la marca Thomson, con el transformador debajo de la misma, ambos en una especie de soporte metálico.

Entonces llegaron los olores y aparecieron ante él los polvorones, los turrones, los mazapanes y las botellas de refresco Clipper con sabor a fresa. Estaban colocados con esmero sobre una mesa que lucía un viejo mantel blanco, adornado con flores de diferentes colores y hecho de tela. Estaba colocado en una mesa redonda, pero que se había ampliado para la ocasión gracias a un sistema de tablas plegables que ocultaba bajo la superficie. También observó que había una pata de cerdo asada, diferentes chucherías y snacks, y cómo no, una bandeja con langostinos cocidos. A pesar de que su familia era muy humilde, siempre habían hecho esfuerzos titánicos para festejar la Navidad como era debido.

Pero, lo que realmente impactó a Elías fue ver cómo cobraban forma las figuras de los presentes a la fiesta.

Primero apareció su madre, Virginia, con su cabello castaño oscuro recogido en una coleta que le caía lacia sobre la espalda. Vestía un jersey de cuello alto y el maquillaje contrastaba con la época que él tan bien recordaba, a finales de los años setenta del siglo XX. En los ojos marrones de su madre había una expresión de felicidad y brillaban como dos estrellas en medio de una oscura noche de invierno. Portaba en sus manos una bandeja con diferentes embutidos y quesos y la dejó sobre la mesa para besar a alguien.

Allí estaba su padre, que también pudo reconocer en cuanto le vio. Eran tiempos en los que él aún era joven y tenía ilusiones por hacer grandes cosas en la vida, mucho antes de que cayera en la adicción que le cambió por completo años después.

Tenía el pelo peinado a un lado, en ondulaciones que parecían una marea de color negro y con la barba bien peinada y recortada. Vestía un jersey de punto de color azul marino y llevaba unos pantalones vaqueros de pata ancha, como su madre. Él cogió una botella de vino y se sirvió una copa que alzó al aire para brindar con los demás asistentes, entre los que reconoció a sus abuelos, sus primos y tíos, y para terminar, su hermana mayor, Fátima.

Sin embargo, lo que más le llamó la atención fue verse a sí mismo cuando tenía nueve años. Sentado en una silla y taciturno, como si no disfrutara del festín familiar, el pequeño tenía la cabeza gacha y miraba al suelo. Sólo su hermana estaba a su lado, abrazándole y hablando con él.

—¿Por qué estaba así? —dijo Elías—. ¿Qué me pasó para estar tan triste? No lo recuerdo.

—Ven conmigo y ten en cuenta que lo que ves son sólo sombras del pasado —respondió el espíritu.

—Sí, lo sé —apostilló el empresario.

El fantasma volvió a rodear su cuerpo y lo transportó a otro sitio muy cercano, en realidad, en la misma casa en la que estaban. En este caso, descubrió que se hallaba en el que había sido su dormitorio durante la infancia. Su figura pequeña, delgada y frágil, tenía la parte superior del cuerpo al descubierto y la parte inferior tapada con una pequeña toalla azul. El pelo castaño, como el de su madre, lo tenía mojado y era evidente que el pequeño Elías acababa de darse una ducha.

—¡Elías, date prisa en vestirte! —gritó su madre desde algún lado de la casa—. ¡La familia está a punto de venir para la fiesta!

El pequeño cogió una prenda que tenía doblada sobre la cama y que Virginia había elegido para él y se dispuso a ponérsela, cuando alguien entró en el cuarto. Era una chica joven, de unos veinte años, de pelo rubio y ojos claros, muy guapa en realidad. Cerró la puerta tras de sí cuando accedió al interior y se sentó en la cama, al lado del niño. Él la miró con recelo y se apartó un par de pasos.

—¿Qué te pasa? —dijo ella con una voz melosa—. ¿Ya no te gusta jugar conmigo?

—No —respondió él con la voz temblorosa—. No me gusta cómo juegas.

La joven se acercó a su vez y paseó sus dedos sobre el pequeño pecho del niño, bajando hasta el vientre. El viejo empresario se apartó de la escena también, como movido por un acto reflejo y una lágrima asomó en sus párpados arrugados.

—¿Por qué me obligas a recordar esto? —dijo con la voz entrecortada.

—Fue parte de tu vida, no es culpa mía —contestó el espíritu.

—¡Pues no quiero ver más, así que sácame de aquí! —le ordenó.

Sin embargo, no se movieron ni un centímetro y él sintió que un escalofrío recorrió su espalda como si una serpiente se paseara por ella de arriba a abajo.

—Venga, cielo, vamos a divertirnos antes de que vengan los demás. —La chica extendió la mano y le quitó la toalla al crío, dejándole al desnudo.

En ese momento, las volutas multicolor volvieron a rodear el cuerpo del viejo banquero y la imagen se disolvió por completo. Volvieron al salón, donde la fiesta aún no había comenzado y Elías se sentó sobre un viejo sofá de tela de color rojo. Se llevó las manos a la cara y comenzó a llorar, al menos durante unos pocos segundos. Se recompuso y se enfrentó al fantasma.

—Eres demasiado cruel, ¿lo sabías?

—Esconderte de los recuerdos no hará que desaparezcan, Elías —comentó el espíritu.

—¿Y tenías que mostrarme cómo abusaba mi tía Leticia de mí? —exclamó él.

—Sólo es una parte de tu pasado.

—¡Vale, ya sé que trato mal a las mujeres porque sufrí abusos! ¿Estás contento?

—No, no me alegra saberlo.

—¡Claro, tú eres tan sabio y lo sabes todo! —Elías se puso cara a cara con Pasado—. Que te quede clara una cosa, Espíritu, no voy a cambiar mi forma de ser sólo porque ahora me muestres mis traumas infantiles. Los superé en su momento y pasé página.

—¿Tú crees? —La figura no parecía inmutarse ante los gestos amenazadores del humano.

—¡Vaya que lo creo!

El espectro no respondió y las volutas de humo volvieron a envolverles por completo. Él intentó rebelarse, pero fue imposible y volvieron al túnel vertiginoso de arco iris que giraba cada vez más rápido. Elías se preguntó adónde le llevaría ahora y esperó que el siguiente recuerdo de su pasado fuera mejor que el primero. Entonces fue consciente de que el viaje con las Navidades Pasadas nunca estuvo plagado de grandes momentos. Ese pensamiento le hizo estremecerse de pavor.

"La joven se acercó a su vez y paseó sus dedos sobre el pequeño pecho del niño, bajando hasta el vientre. El viejo empresario se apartó de la escena también, como movido por un acto reflejo y una lágrima asomó en sus párpados arrugados."

CAPITULO V

Esta vez no hubo golpe que les frenase en seco, en vez de eso, la llegada al nuevo punto en el tiempo estuvo marcada por un aterrizaje suave en un sitio que él conocía bien, la Plaza de San Juan, en Telde. Era de noche y en un lado de la misma había un gran árbol de navidad, en realidad un cono hecho de hierro y de casi seis metros de alto rodeado de cientos de pequeñas luces de colores, que dibujaban motivos propios de esas fiestas en una superficie de rejilla metálica.

Allí se vio a sí mismo en una época en la que ya contaba con dieciséis años y estaba sólo, sentado en un peldaño de los tres escalones que rodeaban la parte sur, justo en la esquina donde se encontraba el busto hecho en bronce de un ilustre hijo de la ciudad, el Doctor Gregorio Chil y Naranjo. El rostro metálico miraba al frente, hacia la Basílica de San Juan Bautista, cuyas grandes puertas de madera estaban cerradas.

El chaval que representaba a Elías a mediados de los años ochenta llevaba puesta una chaqueta de cuero negra y unos vaqueros elásticos de color azul, además de unas deportivas blancas de caña alta, gastadas por el uso. Sobre su cabeza, unos viejos auriculares de diadema con las espumas naranjas estaban colocados sobre sus oídos, reproduciendo la música que se desprendía de un *walkman* que no cesaba de hacer girar una cinta de casete grabada con la música favorita que el banquero solía escuchar cuando era un adolescente.

Alrededor de él no había nadie, ya que las calles adyacentes estaban vacías por completo de transeúntes y sólo vislumbró dos taxis aparcados al otro extremo de la plaza, cruzando la carretera. Era evidente que la Nochebuena había reducido al máximo el número de personas que había en las vías públicas, algo que el joven siempre agradeció pues así se sentía menos observado y más tranquilo.

Sin embargo, en la imagen apareció otro chico que venía por el callejón del Doctor Chil. Traía una bolsa de plástico consigo y también portaba otro aparato musical como el de Elías. Se acercó a éste y se sentó a su lado, desprendiéndose de los auriculares que quedaron colgando alrededor del cuello.

—¡Qué tal, colega! —le saludó el recién llegado. El viejo lo reconoció enseguida, era su mejor amigo en aquellos años.

—Hola, Flaco —dijo el Elías adolescente—. ¿Has traído las litronas?

—¡Claro, tío! —Extrajo dos botellas de un litro de cerveza y le dio una a él—. Y he comprado pipas también.

Los dos abrieron sendos recipientes de cristal y tragaron largos sorbos del contenido. Luego comenzaron a consumir las semillas de girasol tostadas y saladas, a la vez que daban buena cuenta de la bebida.

—Vaya forma de pasar una Nochebuena, ¿no? —comentó el Flaco.

—Bueno, nada diferente de los últimos años —respondió Elías—. Ya sabes, mi padre, como siempre, se fue esta mañana con el dinero de la casa y apareció esta tarde, borracho y sin un duro. Seguro que se lo ha gastado en puticlubs y cubatas.

—¿Otra vez la ha liado tu viejo?

—No importa, qué más da —contestó él—. Estoy harto de vivir en esa casa.

—Joder, lo siento mucho. Ya sabes que en a mí me pasa algo por el estilo, pero sobre todo con mi padre.

—Total, y no hablemos del pobre Sito, que su padre es militar y lo tiene fijo a raya.

—¿Es cierto que el otro día vino a buscarle y se lo llevó tirándole de la melena?

—Sí, colega, fue asqueroso lo que hizo el facha ese con su propio hijo, y con todos los del grupo delante para verlo.

—¡Hay que joderse! —dijo el Flaco, bebiendo otro largo sorbo de la litrona.

—Bueno, es lo que tenemos que soportar por ser gente

humilde, tío —comentó Elías que imitó su gesto—. Es nuestra condición vivir así por ser pobres.

Cuando llevaban casi medio contenido consumido, Fátima apareció también doblando la esquina de la plaza y se sentó con ellos. Ahora era una hermosa muchacha de diecinueve años que lucía una preciosa melena ondulada de color del trigo. Llevaba el rostro empapado en lágrimas y una marca en el rostro que denotaba que había recibido un fuerte golpe. En ese momento, el empresario sintió que su rostro se llenaba de lágrimas al ver a su hermana en tal estado, pero no dijo nada.

—¿Otra vez te ha pegado el cabronazo ese, hermanita? —le dijo Elías, que fue hasta ella y se puso en cuclillas delante para abrazarla.

—Sí, papá volvió a ponerse violento y nos ha pegado a las dos —contestó ella.

—¡Un día lo mato, te lo juro! —exclamó él con indignación.

—Pasa de todo, ¿vale? —Ella se secó los restos de lágrimas con el puño de su sudadera—. Dame un trago de eso y así me olvido de toda esta mierda.

Elías le pasó la botella y la chica bebió un trago de varios segundos que casi acabó con el contenido, para después dejarle el resto a su hermano.

—Creo que vamos a tener que ir a comprar más de esto a la gasolinera —dijo el Flaco.

—Sí, será mejor que vayamos antes de que sean las doce —comentó Fátima, que intentó sonreír.

Los tres se levantaron, recogieron lo que quedaba y lo tiraron a la basura, dejando tan sólo las cáscaras de las pipas sobre el suelo de la plaza. Allí, indolente, la estatua del Doctor Chil fue el único testigo de las desgracias que tuvieron que soportar los dos hermanos esa noche. Al lado del busto, el espíritu y Elías se quedaron mirando cómo desaparecían calle arriba. En sus ojos quedaron algunas lágrimas suspendidas en el tiempo.

—Espero que ese cerdo esté ardiendo en el infierno —dijo con un tono que denotaba el odio que tenía dentro.

—No es bueno vivir con eso en tu interior —comentó el fantasma.

—¿No? ¿Acaso sabes cómo nos la hizo pasar en esos años? —Se giró para enfrentarse al rostro infantil.

—Sí, lo sé. —El niño digital le sostuvo la mirada con la misma expresión inocente.

—¿Y aun así quieres que no le odie?

—¿Eso te ha servido de algo en tu vida?

—¡Me ha hecho más fuerte!

—Confundes la fuerza con el rencor, Elías —afirmó el espíritu.

El banquero no contestó y sintió que otra vez volaban hacia un punto diferente de la isla, avanzando unos años en el tiempo. Era la tarde de Nochebuena de mil novecientos noventa, y ahora estaba sentado en un banco de la Estación de Guaguas de San Telmo, en Las Palmas de Gran Canaria. Delante de él, un autobús de la línea doce estaba parado y con las luces apagadas, a la espera de que llegase el conductor que le llevaría de vuelta a Telde.

Elías estaba ojeando un libro que tenía entre las manos, mientras escuchaba música con los auriculares puestos, aunque esta vez eran más grandes y modernos. A su lado se sentó una chica de casi su misma edad, de cabellos rubios y grandes ojos azules. Era baja de estatura, tenía una graciosa y pequeña nariz e iba vestida con un aspecto que parecía sacado del festival de Woodstock, como una hippie atemporal. Su largo vestido de color violeta, con desteñidos circulares de diferentes tamaños, le llegaba casi hasta los tobillos.

—¿Qué lees? —dijo ella de repente. Elías no la escuchó bien y se quitó los auriculares—. Digo que qué estás leyendo.

—¡Ah! Es una novela clásica, 'Canción de Navidad', de Charles Dickens —contestó él. Vestía con una camiseta negra del grupo de heavy metal Iron Maiden y seguía usando los mismos pantalones vaqueros elásticos, aunque las deportivas eran nuevas.

—¡Vaya rollo! —comentó ella, sonriendo—. Pensé que estabas con algo más interesante.

—Bueno, a mí me parece una lectura apasionante, muy apropiada para estas fechas. ¿Te gusta leer?

—Sí, a veces, pero otro tipo de libros. —Ella se acercó un poco y le dio dos besos para presentarse—. Soy Tina.

—Encantado, yo Elías.

—Vaya, ¿qué te ha pasado en las manos?

—Nada, son cortes que me he hecho en el trabajo.

El empresario, al ver la imagen, no pudo evitar dibujar una tierna sonrisa en sus labios. No obstante, Tina fue su primer amor y ese fue el momento en el que ambos se conocieron, cuando él venía de trabajar en la conservera de sardinas, en el Puerto de la Luz. Era una labor difícil, anodina y que le provocaba laceraciones en los dedos, ya que tenía que usar una afilada tijera para cortar las cabezas y las colas de los pescados, a fin de meterlos a la perfección en las latas.

—Si no llega a ser por ese trabajo, mi madre no podría haberse divorciado de mi padre y haber conseguido una casa para nosotros —comentó el banquero.

—Lo sé —respondió el espíritu—. Fue tu sacrificio, y el de tu hermana, con el que pudieron costear un alquiler en otra casa.

—No me arrepiento de haberlo hecho, porque gracias a

eso escapamos de una vida de violencia.

—Entiendo.

—¿Qué quieres decir? ¡Tampoco soy tan malo!

El espíritu sonrió sin contestarle y volvió a transportarle en el tiempo, dejando la escena de Elías y Tina subiendo juntos al autobús, hablando sin parar. De hecho, fue lo que hicieron durante todo el trayecto hasta Telde, donde ambos vivían.

"Era baja de estatura, tenía una graciosa y pequeña nariz e iba vestida con un aspecto que parecía sacado del festival de Woodstock, como una hippie atemporal. Su largo vestido de color violeta, con desteñidos circulares de diferentes tamaños, le llegaba casi hasta los tobillos."

CAPITULO VI

Avanzaron varios años y llegaron hasta otro lugar que era muy familiar para el empresario, el pequeño piso que su madre compró después de divorciarse, situado en el barrio de San Gregorio, también en Telde. De repente, Elías observó que estaban en la que fue su habitación cuando él tenía veintitrés años y vio su figura inclinada sobre un escritorio, ataviado con un pantalón negro de pinza, un polo blanco con un logotipo en la parte izquierda del pecho y unos incómodos zapatos negros. Ante él, varios libros estaban esparcidos sobre la superficie del mueble, mientras que el joven anotaba cosas en una libreta gruesa de anillas.

—¡Vamos, cariño, prepárate para la fiesta! —escuchó que le gritaba la inconfundible voz de Virginia. Al momento, ella apareció por el pasillo y llegó hasta el cuarto—. Venga Elías, que tu hermana va a venir con Antonio y tu sobrino Alfonso.

—Espera, mamá, que tengo que terminar estos apuntes primero —respondió él.

—¿Todavía no te has quitado la ropa esa de camarero?

—Ahora voy a la ducha y me visto, tranquila.

—¿Vestirte? Si a esa ropa que llevas le llamas vestirse, casi prefiero verte con el atuendo de camarero —bromeó ella.

—¡Venga, sigue tú en la cocina que ahora voy a ayudarte! —le siguió él.

La escena cambió como si fuera una foto de una diapositiva y al momento siguiente la casa estaba llena de risas, música y un ambiente feliz. Se encontraron en el salón del piso, no muy grande, pero sí acogedor. En una mesa cuadrada, Elías comprobó que el menú apenas había variado a lo largo de los años y el mismo olor a Navidad le inundó las fosas nasales. Se emocionó en cuanto vio a su hermana, su cuñado y un pequeño niño de apenas un año metido en un capazo; por supuesto, era su sobrino. Dos años más tarde nacería el otro, Damián, con el que nunca tuvo contacto alguno.

Todo parecía estar en orden, después de años de sufrimiento, el joven Elías pensó que al fin habían logrado encontrar la estabilidad que necesitaban para la familia y eso le reconfortaba. Además, un año antes se había prometido para casarse con Tina y ella apareció a los pocos segundos de que el espíritu y el empresario llegaran a la escena. Fue el joven el que abrió la puerta cuando el timbre sonó con su tono metálico y estridente.

—¡Qué bien que ya hayas llegado, cariño! —exclamó en cuanto la vio. La abrazó con efusividad y le quiso dar un beso en los labios, pero ella apartó el rostro—. ¿Qué pasa? —preguntó extrañado.

—Tenemos que hablar, Elías —dijo ella con un tono gélido como un glaciar—. A solas.

—Claro, vamos a mi cuarto —respondió él, que la invitó a entrar. El resto de la familia miró con sorpresa la actitud de la chica y se encogieron de hombros, a la vez que Elías y Tina llegaron hasta el dormitorio. Él la invitó a sentarse—. Bueno, dime qué ha pasado, ¿estás bien?

—No quiero alargar mucho esta conversación, así que iré directo al grano —comenzó ella.

—¿Qué pasa, Tina?

—Llevamos casi cinco años juntos, Elías…

—Sí, y nos casaremos el año que viene para redondear la

fecha —la interrumpió él.

—No, nos casaremos —le cortó de sopetón.

—¿Cómo?

—Que no vamos a casarnos. —El tono de la voz de Tina parecía débil como el cristal—. He decidido que será mejor que lo dejemos aquí.

—Pero, ¿qué estás diciendo? —A él se le rallaron los ojos y también balbuceó.

—He conocido a otro hombre, con más dinero y estabilidad —dijo ella, mirándole a los ojos.

—No puede ser...

—Lo siento, Elías, pero no podemos seguir con esta vida mediocre. Tú trabajando de camarero y yo de dependienta de una tienda de ropa. Eso no es futuro, tienes que entenderlo.

—¿Entenderlo? —El joven mostró su enfado en ese momento y golpeó el escritorio con un puño cerrado. Los apuntes volaron sobre la mesa—. ¡Me parto la espalda trabajando más de diez horas todos los días para costearme la carrera de Empresariales!

—Lo sé, y sé que eres un buen hombre, incluso puede que algún día llegues lejos, pero no puedo vivir con las suposiciones. Ninguno de los dos puede —comentó ella, sin amilanarse.

—¿Me estás diciendo que entre nosotros no hay amor?

—Espabila, Elías, del amor no se vive en este mundo.

—Ya, el famoso refrán de "contigo pan y cebolla" no existe.

—Exacto. —Los dos bajaron la mirada y ella se acercó para despedirse de él—. Lo siento, cariño, pero la vida es así.

—Lárgate de aquí. —Él se apartó y su voz se convirtió en una ventisca invernal que parecía que podía helar el aire de la habitación.

Ella se encaminó hacia la puerta para abandonar el cuarto y le dejó allí, solo y confuso, con un torrente de sentimientos que embargaron su cordura y la encerraron en una cárcel de rabia y frustración. Cuando escuchó cómo se cerraba la puerta de la casa y el silencio se apoderaba del salón, él explotó y arrojó todo lo que había sobre el escritorio al suelo. Unos segundos después, Fátima apareció asomándose por el quicio de la puerta.

—¿Qué ha pasado, Elías? —le preguntó.

Él se giró para mirarla y no pudo contener más las emociones, se arrojó a sus brazos y cayó de rodillas, abrazándose a las piernas de su hermana y comenzó a llorar con desesperación. Ella, entretanto, le acarició la cabeza e intentó consolarle, ayudándole a sentarse los dos en la cama.

En ese momento, el banquero bajó la cabeza y tampoco pudo contener por más tiempo lo que sentía y también rompió a llorar. Todavía guardaba el rencor y la rabia, la frustración y el odio, en su corazón.

—¡Bueno, pues al final mira dónde he llegado, Tina! —dijo él, furibundo.

—¿A dónde has llegado? —preguntó el Espíritu.

—Soy un empresario de éxito, multimillonario y tengo una vida envidiable. Poseo la mayor cadena hotelera de Canarias y una de los más importantes holdings inmobiliarios de España, por no decir que mi banco está entre los más cotizados en Bolsa.

—No, lo único que has logrado en la vida es rodearte de cosas materiales, pero tu alma está vacía, Elías.

—¿Y quién necesita un alma, cuando puedes comprar la de otros? —Ahora se mostró altivo y desafiante.

—Tú la necesitas, y corres el riesgo de perderla —replicó el fantasma.

—¡Venga ya! ¡Sé lo que hicisteis con ese personaje de Scrooge, pero a mí no me vais a ablandar como a él!

—¿Quién te ha dicho que queremos ablandarte?

La pregunta cogió desprevenido a Elías y el espíritu volvió a sonreír. Las volutas de humo volvieron a envolverles y entraron de nuevo en el túnel de colores, aunque esta vez el banquero notó que todo era diferente. Los tonos brillantes se fueron apagando y se tornaron en un remolino de diferentes tonalidades de grises, hasta que se volvieron negros como una noche sin estrellas. La velocidad fue creciendo hasta un límite que él pensó que no soportaría la presión, pero tampoco se desmayó esta vez. El espíritu le mostró decenas de rostros que él reconoció y entonces fue consciente de la medida del daño que había hecho a lo largo de los años, debido a la oscuridad que había inundado su alma. Sintió náuseas y estuvo a punto de vomitar, pero fue justo en ese instante cuando todo se detuvo de repente.

Cayó al suelo, sin fuerzas para mantenerse en pie, y tardó unos segundos en comprobar que estaba tumbado en el asfalto, justo delante de la puerta de su casa. La nieve y el frío le ayudaron a espabilarse y logró levantarse. Fue en este proceso cuando vio que la tablet estaba tirada en el suelo, a un lado de su pie izquierdo. Por un instante, pudo leer en la pantalla un mensaje que enunciaba lo siguiente: «*Ten cuidado con el Espíritu de las Navidades Presentes*». Con esa prueba le quedaba claro que todo había sido real. Demasiado real.

"—Espabila, Elías, del amor no se vive en este mundo.

—Ya, el famoso refrán de "contigo pan y cebolla" no existe.

—Exacto. —Los dos bajaron la mirada y ella se acercó para despedirse de él—. Lo siento, cariño, pero la vida es así."

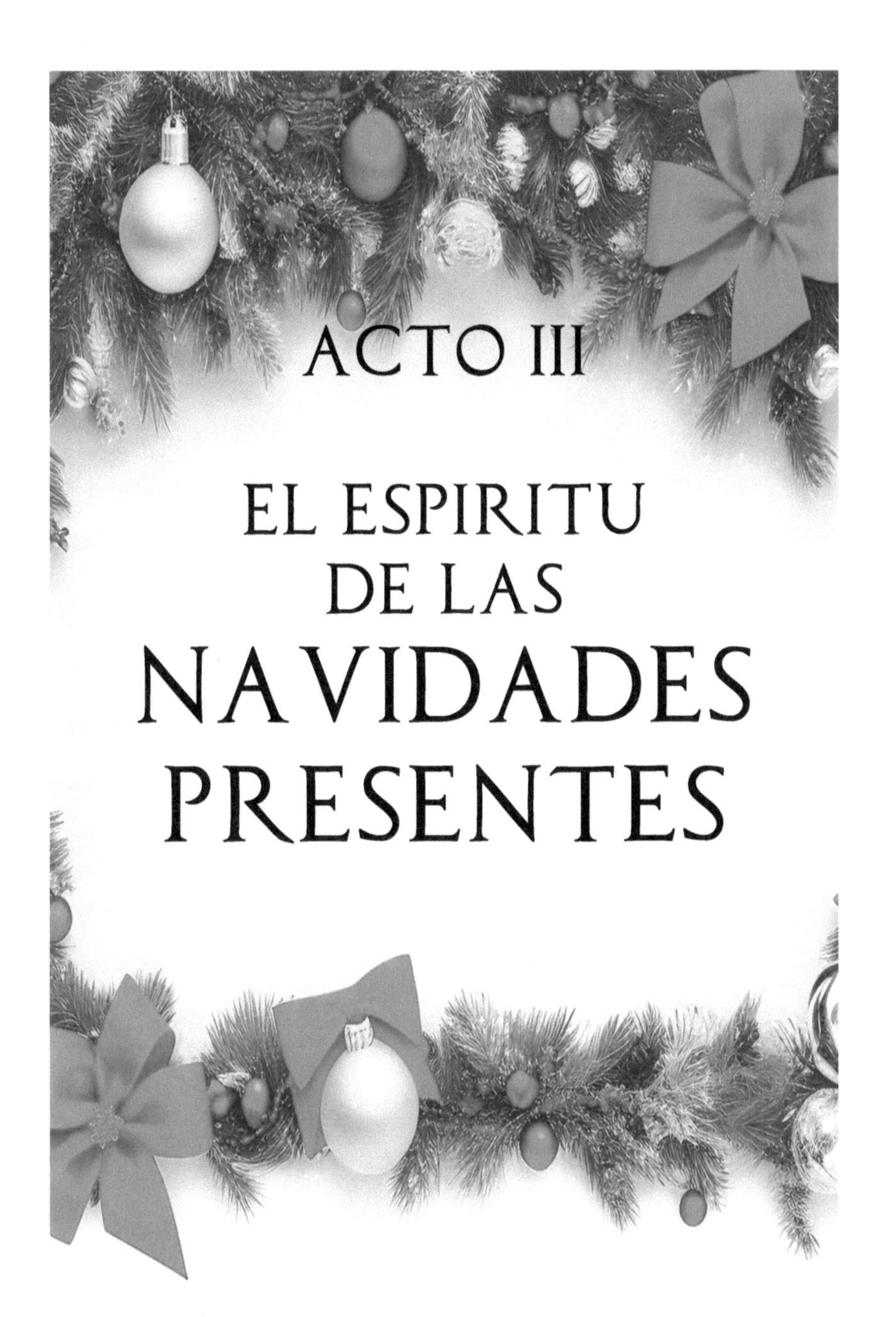

ACTO III

EL ESPIRITU DE LAS NAVIDADES PRESENTES

CAPITULO VII

Se agachó a recoger la tablet, que estaba comenzando a llenarse de copos de nieve que seguían cayendo del cielo sin cesar. La miró por ambos lados y estuvo así durante unos segundos, buscando alguna sombra del espíritu que había desaparecido de repente. Comprobó que el aparato estaba apagado por completo y que no tenía batería para encenderlo de nuevo. Decidió que era mejor meterse en casa y reflexionar sobre lo que había sucedido y sobre aquellas cosas que había recordado, después de tantos años intentando esconderlas en lo más profundo de su corazón.

Cuando iba a dar el primer paso para ir hacia la puerta, escuchó el fuerte ruido de un motor que se acercaba a toda velocidad hacia él. Giró la cabeza hacia la izquierda y vio cómo una motocicleta venía demasiado deprisa por la calle, deslumbrándole con el faro redondo que emitía una luz cegadora. Pasmado y asustado, fue incapaz de moverse y el pánico por el inminente impacto le atenazó el cuerpo, que se puso en tensión al instante.

Sin embargo, justo cuando parecía que le iba a atropellar, el conductor derrapó delante de él y colocó la rueda trasera a escasos centímetros de las piernas de Elías. El hombre se bajó de la máquina, que siguió con el motor en marcha al ralentí, y se acercó al banquero. Éste abrió los ojos y emitió un largo suspiro de alivio, pues era consciente de que se había salvado de milagro de ser arrollado por una enorme Harley

Davidson, del modelo Fat Boy.

—¿Está usted loco? —le espetó al motorista, que se puso frente a él.

El interpelado se quitó el casco, de color rojo y verde, decorado con motivos navideños y dejó ver su rostro. Tenía una larga melena rubia, una cuidada barba del mismo tono y unos hermosos ojos azules. Parecía un hombre de unos treinta y tantos años, y tenía una apariencia apolínea. Era alto, de más de un metro noventa, y su constitución parecía sacada de un cómic de Marvel. Se quitó la cazadora de cuero de color verde oscuro, cuyos botones estaban bañados en oro, y Elías vio que llevaba una camiseta negra con la leyenda, escrita en letras doradas, "Rock Xmas Until you Roll", con un dibujo estampado en serigrafía que simbolizaba un puño con los dedos índice y meñique alzados sobre los demás; sobre cada dedo, había dos gorros como los de Santa Claus. En los brazos tenía tatuados una cantidad incontable de imágenes con bolas de navidad, estrellas, cadenas de luces y guirnaldas que brillaban por sí solas de forma aleatoria.

El gigantesco motero cogió a Elías por la pechera y lo alzó del suelo unos centímetros. El empresario se asustó y prefirió no decir nada, aunque tampoco se le ocurría idea alguna que pudiera hacer desistir al hombre de hacerle algún daño.

—¿Me has llamado loco, Elías? —le dijo con una voz grave, dulce y melódica, pero dotada de un inexplicable magnetismo.

—Yo…eh…no quería… —balbuceó.

—¡Jajajaja! ¡Tonto! ¿En serio te has asustado de mí? —Su risa era contagiosa, ruidosa y alegre. Tanto como para exaltar casi todos los corazones de la Humanidad.

—¿Quién eres? —preguntó el viejo, confundido y aturdido. No entendía nada de lo que estaba pasando.

—¿No me reconoces todavía? —le preguntó, dejándole de nuevo en el suelo con suavidad.

—A ver si adivino —dijo Elías, que se fijó en todos los detalles de su cuerpo y en la moto, que también estaba decorada con motivos navideños. De hecho, en el tanque de combustible se podía leer, "Navidad Presente", escrito en letras doradas—, diría que eres el Espíritu de las Navidades Presentes.

—¡Exacto, amigo mío!

—Supongo que me vas a llevar a ver las cosas que están pasando esta noche, ¿no?

—¡Pero qué listo eres! —se mofó el atractivo fantasma, propinándole una fuerte palmada en la espalda.

—Y si vas a hacer como hiciste con Scrooge, me vas a llevar a las casas de mis empleadas para que vea lo mal que viven, los problemas que tienen y quieres que me sienta culpable, ¿a qué sí?

—¡Premio Nobel para el caballero! —volvió a reírse—. Pero te equivocas en dos cosas.

—¿En cuáles? —Elías volvió a recordar que sus viajes con los Espíritus de la Navidad no iban a ser cómo él imaginaba haber leído.

—Yo no llevé a Scrooge, fui mi hermano mayor de mil ochocientos cuarenta y tres, y no voy a llevarte a verlas para que te sientas culpable.

—¿Ah no?

—No, no es esa mi intención.

—¿Y cuál es entonces?

—Ahora lo verás. —Le alzó del suelo como si fuera un guiñapo y lo puso sobre el asiento trasero de la moto. Volvió a colocarse el casco y giró la manilla de gas varias veces, antes de cambiar de marcha y comenzar su periplo por las vías de la urbe—. ¡Vamos allá!

Un segundo después, el rugido de los pistones resonó en medio de la nevada noche y la máquina salió disparada a tal velocidad que apenas era una sombra perceptible en las calles de Las Palmas de Gran Canaria. Si alguien se hubiera detenido a escuchar algo, sólo habría percibido el lóbrego ulular del viento del norte azotando la ciudad. Si alguien se hubiera parado a intentar verlo, sólo habrían percibido una fugaz sombra que no se podría identificar. Pero en esos tiempos, nadie se paraba a escuchar ni a ver las señales de la Navidad y por eso fueron invisibles a los ojos de los humanos, que seguían con sus anodinas y rutinarias vidas.

No tardaron ni diez segundos en llegar hasta el deprimido barrio de La Isleta, al número ciento diecinueve de la Calle Tecén. El sitio era conocido por ser un lugar donde habitaban personas de escasos recursos económicos, sobre todo en la parte más cercana a la Plaza de Belén María. Por la zona podían verse politoxicómanos y personas sin techo deambulando como zombis, rebuscando entre la basura algo que comer o beber, o algún cacharro que poder vender para sacar algunos céntimos.

La calle estaba oscura a medias, ya que funcionaban algunas farolas y otras no, que emitían un fulgor amarillento que apenas daba luz. La neblina y la nieve casi no dejaban ver nada unos metros más allá, tan sólo el cruce con la calle Benartemi a la izquierda y el resto de la calle Tecén a la derecha. La luminaria que estaba encima de la casa en cuestión sí funcionaba, lo que dotaba a la puerta de entrada de un aspecto aún más ominoso.

Elías nunca había estado allí y no tenía ni idea de qué hacían en un rincón tan deprimente, y sólo pudo intuir que debía tratarse de la casa de una de sus empleadas. Imaginaba que el Espíritu le llevaría al interior de un momento a otro, pero antes de ello quiso que le aclarase la pregunta que quedó suspendida en el aire cuando salieron corriendo en moto desde su casa.

—Espíritu, antes de que entremos, me gustaría que respondieras a la cuestión de antes. ¿Con qué intención me has traído aquí, sino es para que tome conciencia de la pobreza de alguna de mis trabajadoras?

—Amigo mío, no puedo responderte a esa pregunta, por ahora —dijo el fantasma, después de quitarse el casco de nuevo.

—Bueno, dime al menos de quién es esta pobre morada.

—Aquí vive tu secretaria, Berta. —Dicho esto, el Espíritu se bajó de la Harley y colocó la pata de cabra después de apagar el motor.

Luego se encaminó hacia la puerta de entrada e hizo un gesto a Elías para que le siguiera, pero antes de eso, el banquero observó los muros exteriores y las puertas y ventanas de la casa, que era de una sola planta y parecía ser bastante vieja. Las paredes estaban tintadas de un rosa claro y los bordes de las puertas y las ventanas perlaban en blanco, mientras que la parte inferior de la edificación mostraba un duro gotelé de tono grisáceo, con manchas de humedad en la parte inferior. Por algunos sitios, podía observarse que la pintura se había desprendido y dejaba al aire la superficie del encalado exterior. En realidad, la vivienda contaba con tres puertas, separadas entre sí por dos ventanales rectangulares que estaban cerrados en ese momento y que mostraban un tono marrón, desgastado por el tiempo y que había descarnado la pintura por varias partes, como cicatrices que las espadas del tiempo habían dejado sobre la superficie. Una de las ventanas tan sólo tenía abierta la celda superior izquierda, y a través de ella se vislumbraban luces de colores que brillaban en el interior y se escuchaban risas y música.

Elías emitió un suspiro de resignación y siguió al Espíritu, que abrió la puerta sin tocarla haciendo un gesto con la mano. El banquero entró a su vez tras él y el umbral volvió a cerrarse por sí solo, dejando fuera la nieve y la penumbra de la calle. Justo cuando estaban en el pequeño y estrecho recibidor, vieron que Berta cruzaba ante ellos, saliendo de una estancia que estaba a su izquierda y entrando en otra que estaba a la derecha. El Espíritu le hizo una señal con el dedo para que le siguiera hacia donde ella se había adentrado.

Sin embargo, algo les detuvo al instante de seguir avanzando, pues delante del Presente y de Elías estaba el perro de Berta, Hulk. Les miraba con la cabeza ladeada y con una expresión de curiosidad en los ojos, pero sin un atisbo de agresividad en sus gestos corporales; al contrario, parecía sentirse muy cómodo con la presencia del Espíritu. Éste le sonrió y le señaló en dirección a la estancia contigua.

Entraron en una pequeña y vieja cocina, cuyos muebles mostraban el cruel paso del tiempo y en la que la secretaria y Sonia, la limpiadora, estaban cocinando y preparando la cena de Nochebuena. Elías reconoció los olores al instante y volvió a recordar su triste pasado, lo que hizo que tuviera que reprimir alguna lágrima. En todo caso, lo que le ayudó en ese momento a no romper a llorar fue la conversación que tenían ambas en ese mismo momento.

—Bueno, ¿qué te han dicho en el hospital? —dijo Sonia, mientras cortaba un poco de queso para ponerlo en un plato de cartón con una dudosa decoración de navidad. Hulk se sentó a su lado, esperando que cayera algo en sus fauces.

—Lo que temíamos, Sonia, que Elvira tiene un linfoma de un tipo desconocido por ahora y que tienen que hacerle más pruebas —contestó Berta, que colocaba unos pocos langostinos cocidos en otro plato igual.

—¿Ya está? —replicó su amiga—. No, si es que en este país cada vez el servicio público de sanidad está cada vez peor.

—Sabes que ahora, si no tienes dinero, sólo puedes rezar para que encuentren rápido qué tipo de cáncer tiene la niña y que tenga cura.

—¡Pero es que con estas cosas no se puede dejar que pase el tiempo, como si fuera una simple gripe!

—¿Me lo dices a mí? —Berta no soportó más la presión y comenzó a llorar, soltando el plato con los crustáceos sobre la encimera. Cogió una servilleta de papel y se limpió las lágrimas, mientras su amiga se acercaba a consolarla.

—Perdona, es que estoy indignada con el trato que están recibiendo ustedes —comentó Sonia, pasándole los brazos por encima de los hombros.

—Lo sé, cariño, y yo estoy igual, no te preocupes —dijo Berta, apretando una de las manos de su amiga.

—Todavía no logro asimilar que algo tan grave dependa sólo del dinero que tengas. ¡Es un crimen!

—Pues tendremos que hacernos a la idea de que ahora las cosas son así y sólo nos queda rezar para que Elvira pueda curarse con los pocos medios de los que disponemos.

—Sí, sólo un milagro podría arreglar esto, aunque yo hace años que dejé de creer en eso, cariño.

—Nunca pierdas las fe, querida, verás que todo se arregla. ¿Vendrán a cenar al final? —Berta intentó cambiar de tema, recordando a su amiga la invitación que le había hecho para que compartieran la Nochebuena juntas, incluidas las hijas de la limpiadora.

—No, no lo creo. Será mejor que vaya a casa y organice

algo allí con ellas. La pobre Katrina trabaja como una burra para ayudarme y no creo que esté para muchas fiestas. —Sonia fue a por su chaquetón—. De todas formas, te lo agradezco de corazón.

—No hay nada que agradecer, amiga mía.

Las dos se abrazaron y Sonia fue hasta el recibidor para coger el bolso y salir a continuación al exterior. Luego se subió a su destartalado coche y se marchó del barrio.

Mientras tanto, el Espíritu y Elías continuaron en la casa de la secretaria, que ahora terminaba de montar la mesa para la cena en un pequeño comedor. Alrededor de la misma se sentaron un adolescente y una niña de unos nueve o diez años, que comenzaron a devorar con profusión las viandas junto a su madre. Una cena humilde, pero que agradecieron a Dios antes de comenzar con una escueta oración.

—Toma, mamá —dijo el chico, sacando un par de billetes de veinte euros y colocándolos sobre la mesa—, estoy lo he sacado hoy vendiendo retratos en Triana.

—Cristian, te he dicho que no me gusta que estés mendigando por ahí —le reprochó Berta—. Deberías estar estudiando.

—Pero madre, si ya tengo hecho todos los trabajos del instituto desde hace una semana. —El muchacho rondaba los quince años, tenía una media melena de color castaño claro y los ojos marrones. Era de constitución delgada y estatura media, pero ya era un atractivo zagal con esa edad.

—Bueno, cogeré los cuarenta euros porque nos hacen falta, pero no vuelvas a hacerlo, ¿vale?

—Lo intentaré —contestó él, esbozando una pícara sonrisa.

—Eres de lo que no hay —replicó la secretaria, siguiéndole el juego.

En ese momento, la puerta de la casa se abrió otra vez y entró otro adolescente, aunque éste parecía algo mayor que su hermano. Tenía el pelo corto de color castaño oscuro e iba ataviado con una sudadera de cremallera de color negro, cuya capucha llevaba puesta encima de la cabeza. Se despojó de la misma y fue hasta el comedor.

—¿Dónde estabas, Ismael? —le preguntó Berta con tono serio—. Te he dicho que no quiero que andes por el barrio a estas horas.

—Que sí, lo que tú digas —respondió el joven con desdén. Cogió un langostino que su hermano había pelado previamente y se lo comió.

—¿Qué has estado haciendo por ahí? —insistió ella—. Seguro que robando con tus amigotes, o vendiendo drogas otra vez, ¿no?

—¡A ti eso no te importa! —le gritó el chaval con actitud desafiante.

—¡Muéstrame más respeto, que soy tu madre! —le gritó ella, levantándose de la silla y soltando la servilleta de tela sobre la mesa con gesto airado.

—¡Vete a la mierda, tía! —Ismael se acercó a ella y se colocó frente a frente con su cara—. ¿Acaso te has preocupado alguna vez por nosotros? ¡Si nunca estás en casa! ¡Y ahora vienes con la cenita de navidad y esas chorradas!

—Hermano, tranquilízate, por favor —intervino Cristian—. Sabes que mamá trabaja duro para sacarnos adelante.

—¡Sí, claro, con el maldito explotador ese del banco! ¿Es que no tienes dignidad? —le soltó a su madre.

—¿Crees que es fácil para mí aguantar a ese hombre? —dijo ella, que no pudo reprimir que sus ojos se rallaran con la amenaza de cristales líquidos de sal—. ¡No tienes ni idea de todo lo que tengo que soportar cada día para no perder mi trabajo y que nos veamos en la calle!

—¡Oh, claro, es que vivimos en una mansión gracias a él!

—Ismael, este techo es todo lo que tenemos y debemos cuidar que siga sobre nuestras cabezas, ¿o te has olvidado que somos inmigrantes y aquí cada vez nos miran peor? —Ella suavizó su tono para intentar que su hijo razonara.

—¡Ese es el problema, que para ellos sólo somos unos "sudacas de mierda"! —gritó él, que también comenzó a quebrarse—. ¡Estoy harto de este sitio y de este país de racistas!

Al segundo siguiente, Ismael no aguantó más y comenzó a

llorar y se abrazó a Berta, que también lloró con él. Cristian se acercó a los dos y también se sumó al sentimiento de ambos. Elvira, por su parte, observaba con lágrimas en los ojos. Sin embargo, les sorprendió a los tres con una reflexión impropia de una niña de su edad.

—No se preocupen, que verán que todo cambiará algún día y seremos una familia feliz. —La expresión en sus grandes ojos marrones mostraba tristeza, pero una fuerza intensa que embargó el corazón de su madre y hermanos, que corrieron a abrazarla a ella también.

—¡Es que eres un angelito de Dios, mi niña! —la abrazó Ismael, que amaba a su hermana pequeña más que a nadie—. Estoy seguro de que algún día serás alguien importante y nos ayudarás a todos a salir de esta miseria.

—Hablando así, la veo metida en política —bromeó Cristian.

Todos rieron abiertamente y continuaron la fiesta, cantando villancicos en versiones más modernas y comiendo de lo que Berta se había esmerado en preparar para esa noche. Por su parte, Elías sonreía sin darse cuenta, a la vez que también tenía marcas de haber llorado en el rostro.

—Así que te has emocionado, ¿no? —dijo el Espíritu.

—¿Eh? —El banquero sintió como si despertara de un sueño y volvió a la realidad—. No, no, es que…

—No te disculpes, Elías —Le guiñó un ojo.

—¿Qué le pasa a la niña? ¿Cómo se llamaba…? —dijo él, que no quitaba los ojos de la feliz escena que seguía teniendo ante él.

—Elvira, tiene un extraño linfoma que afecta a su sistema neuronal.

—¿Y los médicos no saben curárselo? Hay muchos avances médicos para curar los linfomas hoy día —preguntó con ingenuidad.

—Sí, pero sólo para quiénes puedan pagarlo —apostilló el fantasma.

—¿Quieres decir que no se va a salvar? ¿Va a morir?

—¿Tú qué crees?

—¡Dios Santo, no puede ser! ¡Eso es demasiado cruel!

—No creo que eso te importe demasiado —dijo Presente—, al fin y al cabo tú mismo formas parte del partido que ha impuesto este sistema en el país.

Elías no respondió y agachó avergonzado la cabeza, luego siguió al Espíritu para volver al exterior de la casa y dejaron la algarabía detrás. Se subieron de nuevo en la moto y el banquero mantuvo la boca cerrada durante el camino que les llevaría a su próximo destino, la casa de Sonia Artigas, la limpiadora de sus oficinas.

"—A ver si adivino —dijo Elías, que se fijó en todos los detalles de su cuerpo y en la moto, que también estaba decorada con motivos navideños. De hecho, en el tanque de combustible se podía leer, "Navidad Presente", escrito en letras doradas—, diría que eres el Espíritu de las Navidades Presentes."

CAPITULO VIII

Al igual que en el viaje anterior, la ciudad pasó ante los ojos de Elías como una sombra difusa en la que era incapaz de identificar por dónde iban ni en qué rincón de la capital se encontraban. La motocicleta iba a tal velocidad, que los mofletes del banquero se movían como los de un perro que asoma la cabeza por la ventana de un coche en marcha. Por suerte para él, el efecto de estos vertiginosos viajes duraba poco y pronto llegaron a la vera de la vivienda de Sonia, situada en otro deprimido barrio de Las Palmas, en El Polvorín.

En concreto, la mujer residía en un segundo piso que estaba en un edificio de aspecto lamentable, cuyas paredes pintadas de color arena mostraban manchas de humedad por doquier, fisuras en la estructura y agujeros que dejaban a la vista un encalado blanco. Las contraventanas eran pequeñas, de dos estrechas hojas, y hechas en madera de color marrón oscuro. No había balcones sobresaliendo en la fachada, pero sí se avistaban decenas de cables de diferentes tipos que se cruzaban sobre la misma como una tela de araña artificial de conexiones de antenas de rejilla, cableado eléctrico y rudimentarios hilos telefónicos.

La calle en la que estaba asentado el edificio en cuestión parecía una zona de guerra, con coches a medio desguazar aparcados a ambos lados de la vía. En la esquina que quedaba a la izquierda de Elías, que cruzaba con otras calles, tres jóvenes muchachos calentaban sus manos sobre un bidón oxidado y vacío, en el cual ardía algo que provocaba una débil lumbre. Sobre el borde exterior, podía verse una rejilla de barbacoa con unas piezas de carne de cerdo encima.

El Espíritu llamó la atención del banquero poniéndole la mano encima del hombro e indicándole que debía seguirle al interior de un portal que presentaba una puerta de aluminio de color blanco, que contrastaba notablemente con los colores del resto del edificio. Entraron y se encontró una especie de estrecho rellano en el que había una escalera que ascendía en "L". Subieron los peldaños que les separaban de la casa de Sonia y el fantasma abrió la puerta de la misma forma que lo había hecho en la de Berta. Se introdujeron a través de ella y vieron una escena que a Elías le hizo poner un gesto de repulsión en el rostro.

No había rastro de la limpiadora por ninguna parte, mientras que en la parte izquierda del recibidor, tan pequeño como el piso, se abría un marco sin puerta que daba paso a un pequeño salón. En el mismo había dos sillones viejos y ajados, y tumbado sobre uno de ellos había un hombre de unos cincuenta años, prácticamente desnudo –tan sólo llevaba puesto unos calzoncillos tipo bóxer– y mirando la televisión con los ojos entrecerrados.

En ese momento, la cerradura de la puerta se accionó y vieron entrar a una joven vestida con un chaquetón de color rojo. Activó un interruptor y una débil luz inundó la escena. Ella cerró la puerta y se despojó del abrigo. Iba bien peinada y tenía el cabello oscuro cayendo por su espalda en tirabuzones, mientas que la cara mostraba un maquillaje alterado por surcos y con el rímel corrido en los párpados. Era evidente que la joven había estado llorando, pero no fue eso lo único que impactó a Elías, sino que la reconoció en cuanto ella encendió la luz del recibidor para colocar el abrigo en el perchero. Se trataba de la misma chica que le había plantado cara en la fiesta que había organizado en su casa, cuando le dio los cachetes en los glúteos.

De repente, a las espaldas de Elías y del Espíritu, se volvió a escuchar el resonar de unas llaves y cómo se accionaba el mecanismo de la cerradura. Sonia apareció en ese momento, cargada de bolsas de plásticos en los que traía algunas cosas para preparar una nimia cena navideña. La adolescente salió al recibidor y ayudó a su madre con la carga. El hombre siguió tumbado en el sillón y no se inmutó lo más mínimo por la presencia de su esposa.

—Deja que te ayude, mami —dijo la chica—. ¿Qué has comprado?

—Lo que he podido, cielo —comentó Sonia, que sonrió con un gesto de tristeza—. Ya sabes que no ganamos para muchas alegrías.

—Lo sé, madre, pero tranquila que yo te voy a ayudar a partir de hoy. —Las últimas palabras las dijo al oído de su madre.

—¿Y eso, Patricia? —Entraron en la cocina y soltaron las bolsas sobre la encimera. La estancia era también pequeña y humilde, con unos viejos muebles de madera que presentaban cicatrices de quemaduras de cigarros y manchas de indescifrable autoría.

—Cosas mías, no te preocupes. —Le guiñó un ojo a Sonia, a la vez que esbozó un amago de sonrisa.

—¿Por qué vas vestida así?

—Es que quedé con unas amigas para ir a tomar algo esta tarde —mintió.

—¿Y has estado llorando con tus amigas? —Sonia no se creía la versión de su hija y sospechó que podría haber vuelto con Hugo, su ex novio, que a veces la había engañado con otras mujeres.

—Sí, pero porque nos hemos contado algunas penas, no te preocupes. —La muchacha continuó con su mentira e intentó esbozar un amago de sonrisa.

Justo en ese momento, del fondo del pasillo apareció otra joven, mayor que Patricia y hermana de ésta. Era un mujercita que estaba saliendo de la pubertad y entrando en la juventud, por lo que aparentaba tener poco menos de veinte años. Tenía el cabello castaño oscuro y unos ojos verdes que resaltaban en su piel morena. Llevaba una toalla tapando su cuerpo, aún húmedo después de haberse dado una ducha, debajo de la misma sólo tenía puesta la ropa interior. Fue hasta la cocina y saludó a su madre con un beso prolongado en ambas mejillas.

—¿Qué tal el día, mamá? —le preguntó.

—¡Vaya pregunta, Katrina!

—¿Qué ha pasado?

—Pues que mi jefe quiere que vaya a trabajar mañana, ¿te lo puedes creer? —contestó Sonia—. ¿Tú qué tal en los apartamentos? ¿Mucho trabajo?

—Ya te puedes imaginar, he tenido que limpiar casi treinta yo sola y acabo de llegar hace poquito a casa —respondió Katrina.

Elías miró a Presente y éste le dirigió una expresión severa. El banquero bajó la cabeza unos segundos y continuó observando la escena. El hombre que había estado hasta ese momento en estado catatónico en el sofá, se levantó del mismo y fue donde estaban su esposa e hijas. Tan sólo llevaba puesto unos calzoncillos tipo bóxer.

—¿Dónde has estado, pedazo de inútil? —le soltó de sopetón a la mujer.

—Ya lo sabes, Ceci, así que no nos amargues la noche, por favor —replicó ella con valentía. A pesar de llevar años llevándose palizas de aquél sujeto, ella nunca se había arredrado.

—¿Amargarte qué noche, zorra?

—Esta noche, la de Nochebuena.

—Bueno, con estas dos preciosas aquí seguro que lo paso bien. —Cecilio se aproximó a las dos hermanas y puso las manos sobre los glúteos de ambas, moviéndolas en un desagradable manoseo. Ellas se apartaron al instante.

—¡No te acerques más a ellas, me oyes! —le gritó Sonia, que se plantó ante él y se puso delante de sus hijas para protegerlas—. ¡Te juro que como vuelvas a ponerles una mano encima, vas a tener que mear por un tubo toda tu vida!

—¿Qué vas a hacer tú, pedazo de mierda? —Él alzó una mano y la cogió por el cuello con fuerza, llevándola hasta topar con la pared que tenía detrás—. ¿Me estás amenazando?

—Ceci…por favor…—suplicó—.Me estás…ahogando…

Elías sintió un instinto violento que recorrió su cuerpo y recordó de golpe la violencia que su padre había ejercido sobre su propia familia. Al verlo reflejado también en la de Sonia, no pudo reprimirse e intentó atacar la figura etérea de Cecilio, pero Presente le agarró por el brazo con fuerza.

—No puedes hacer nada, Elías —le dijo con elocuencia—. Esta es la realidad que vive tu trabajadora todos los días.

—¡Hijo de…! —gritó él, sintiéndose impotente—. ¡Cuando regresemos voy a llamar la policía y me voy a encargar de este malnacido, te lo juro!

El Espíritu no dijo nada y continuaron contemplando la escena. Las hijas de Sonia se lanzaron sobre su padre e intentaron separarlos, apartando la mano del cuello de la pobre mujer.

—¡Padre, por Dios! —gritó Katrina, afanada en acabar con la presión que los dedos estaban ejerciendo sobre la tráquea de Sonia—. ¡La vas a matar!

A la chica se le cayó la toalla al suelo y quedó tan sólo vestida con la ropa interior, mientras que Patricia logró que Cecilio soltara a su madre, mordiéndole en la mano. Éste emitió un grito de dolor y respondió a la agresión propinándole un sonoro puñetazo a la adolescente, que cayó hacia atrás y se dio un golpe en la cabeza, quedando inconsciente.

—¡Maldito seas, Ceci! —gritó Sonia, que se acercó corriendo a socorrerla. Por suerte no tenía ninguna herida sangrante—. ¡Vete de aquí y déjanos en paz!

Acto seguido, el marido salió de la cocina, fue hasta el salón y se vistió con unos pantalones vaqueros viejos, unas deportivas desgastadas y se puso una camisa de manga larga y un chaquetón grueso. Antes de abandonar la casa, pasó de nuevo por la cocina para lanzar una amenaza. Patricia ya estaba recuperando el sentido y también pudo escucharle.

—¡Volveré cuando estén durmiendo y me voy a encargar de las tres, así que disfruten de su cenita de navidad y después ajustaremos cuentas! —Se dirigió hacia el perchero del recibidor donde estaba el bolso de Sonia y sacó la cartera del mismo. Lo vació de dinero en un instante, además de coger también la tarjeta de débito—. ¡Ahora voy a correrme una juerga para celebrarlo por mi cuenta y lo vas a pagar tú, vieja fea!

Un segundo después, el portazo anunció que el maltratador había abandonado la casa, lo que las alivió. Sabían que volvería de madrugada, pero estaría tan borracho que seguramente no sabría ni llegar solo hasta los dormitorios, así que no temieron sus amenazas. Ya estaban acostumbradas a eso, pues durante muchos años había sido la rutina diaria de la pequeña familia de Sonia.

—Vamos, debemos irnos ya o se nos hará tarde —dijo Presente, girándose con el rostro triste dibujado en sus hermosas facciones, que ahora presentaban algunas canas en la barba y la melena.

—¿Las vamos a dejar aquí sin más? —replicó Elías.

—Ya te he dicho que no podemos intervenir.

—¿A dónde me llevarás ahora?

—Nos dirigiremos al norte, a un sitio en el continente que está a varios miles de kilómetros de aquí.

Entonces, el banquero entendió que este viaje iba a ser muy largo y que la sensación de velocidad iba a ser molesta durante un tiempo que no estaba seguro si podría soportar. Llegaron de nuevo hasta la calle y comprobaron que ya había dejado de nevar, aunque un gélido viento del norte seguía azotando la ciudad. El Espíritu se colocó de nuevo el casco y ayudó a Elías a subirse en la parte trasera de la Harley. Arrancó el motor y esta vez salieron a una velocidad normal de la calle, torciendo a la izquierda para salir del barrio.

Mientras tanto, el empresario giró la cabeza en dirección a la casa de Sonia y una lágrima corrió por su mejilla y salió volando de su rostro, cayendo sobre la nieve. Allí se congeló al instante, como los sentimientos que él mismo había convertido en escarcha durante tantos años y le habían llevado a ser el hombre que era en ese momento.

"—¡No te acerques más a ellas, me oyes! —le gritó Sonia, que se plantó ante él y se puso delante de sus hijas para protegerlas—. ¡Te juro que como vuelvas a ponerles una mano encima, vas a tener que mear por un tubo toda tu vida!"

CAPITULO IX

En cuanto cruzaron un par de calles más de El Polvorín, Presente giró la muñeca y la moto aceleró hasta la velocidad que Elías temía tanto. De nuevo notó que los mofletes se movían de forma alocada y que sus ojos se cerraban y dejaban apenas una rendija para poder ver algo de lo que tenía a su alrededor. Casi no percibió que habían llegado hasta el Puerto de la Luz y que, acto seguido, comenzaron a rodar sobre la superficie salvaje del Océano Atlántico. Saltaban sobre las olas como si fueran en un avión de combate que volaba rasante sobre la superficie salada.

Apenas tardaron un minuto en llegar hasta la costa de Cádiz, ciudad que también atravesaron como una veloz sombra, para adentrarse en el territorio de la España peninsular. Tardaron otros cuarenta segundos en llegar hasta Irún, y de ahí, cruzando los Pirineos, entrar en Francia por Hendaya. En todo caso, Elías apenas podía ver tan solo sombras fugaces debido a la velocidad a la que viajaban. En otro minuto más, pasaron por delante de París y pudo ver de refilón la efigie de la Torre Eiffel, iluminada en medio de la oscuridad de la noche que les envolvía. Por último, cruzaron la frontera con Alemania y llegaron hasta una pequeña ciudad situada al oeste de Colonia.

En ese momento, la moto desaceleró bastante y atravesó algunas calles de la urbe para detenerse delante de una hermosa casa blanca y de techo a dos aguas. Alrededor de ellos, llovía con cierta insistencia y se escuchó algún trueno a lo lejos. Elías se sentía mareado y tardó unos segundos en reaccionar, mientras que Presente ya se había despojado del casco. El banquero vio que el rostro comenzaba a mostrar algunas arrugas y que las canas aumentaban con cada minuto que pasaba. En todo caso, recordó lo que leyó en la versión original de Dickens, que los Espíritus de las Navidades Presentes tenían una vida efímera, tan sólo de un día.

—¿Dónde estamos? —preguntó cuando se sintió más recuperado y hubo recuperado el aliento.

—En Kerpen, Alemania —contestó el fantasma.

—¡Me has traído a ver a mis sobrinos! —dijo él con indignación.

—En efecto, esta sea quizá la parte más importante de nuestro viaje, Elías.

—Vale, lo que tú digas. Acepto que tengo que tratar mejor a Berta y a Sonia, pero mis sobrinos no pintan nada en mi vida.

—¿Estás seguro de eso? —preguntó el Espíritu—. Creo que estás muy equivocado.

—De acuerdo, vamos adentro y veremos si me equivoco. —Elías se adelantó a Presente y se puso delante de la puerta, de color marrón y fabricada en sólida madera—. Esta vez te aseguro que eres tú quien no sabe nada.

La casa era una edificación de color blanco impoluto en la fachada, ventanas cuadradas del mismo color y material que la puerta principal, y un techo amplio que caía a ambos lados de la estructura como si fuera una montaña que protegía el interior de las frías temperaturas que había en ese momento en la parte de fuera. Un amplio jardín rodeaba el perímetro del terreno donde estaba asentada y tenía una pequeña valla metálica que estaba cubierta de enredaderas.

Una vez más, el Espíritu hizo el familiar gesto con una mano y la puerta se abrió para franquearles el paso al interior. Cuando ya estaban dentro, se encontraron en un coqueto pero acogedor recibidor, en cuyo lado derecho había un aparador y en el izquierdo un guardarropa pequeño, pero funcional. En el mismo se podían ver colgados varios abrigos de plumas y gorros de lana, todos de diferentes tamaños. Presente le dijo a Elías que le siguiera hasta el comedor y allí pudo observar que había dos grupos de personas: cuatro adultos, tres hombres y una mujer, y dos niñas y un niño que jugaban a un conocido juego de mesa infantil, el parchís.

Elías vio que entre los adultos estaban sus sobrinos, Alfonso y Damián, junto a sus parejas, Hans y Vera, respectivamente. Como se podía suponer, las dos niñas eran las hijas adoptadas de su familiar, mientras que el otro niño era el hijo del otro matrimonio. Cuando los vio allí, todos reunidos y charlando animadamente, al banquero sólo le salió dibujar un gesto de cierto desdén en el rostro. Sin embargo, prestó atención en cuanto escuchó algo que le hizo abrir los ojos de par en par.

—¡Bueno, chicos, creo que ha llegado la hora de sentarnos a cenar y traer a mamá para que nos felicite las Fiestas como es debido! —dijo Alfonso, mientras se sentaban alrededor de una mesa bien organizada y que presentaba una excelente comida para una fecha tan señalada.

—¿Otra vez nos vas a poner su mensaje? —dijo Damián. Elías no le había visto desde que era un pequeño y ahora era un hombre que rozaba los cuarenta años y tenía el parecido con su madre, de cabello castaño claro y grandes ojos marrones.

—Hermano, nunca voy a dejar de ponerlo en un día como éste —respondió Alfonso, mientras cogía la mano de su esposo, que reposaba sobre la mesa a su lado—. Ella nos enseñó a amar sin límites y a perdonar a las personas. Ese es el mejor regalo que nos dejó antes de irse.

—A mí me encanta verlo también —respondió Vera—. La echo mucho de menos.

Presente cogió a Elías del brazo y le sentó en una silla que estaba en un rincón y señaló la televisión que estaba sobre la chimenea eléctrica del comedor para que no apartara la vista de ella. El banquero obedeció sin rechistar y permaneció atento a la pantalla.

—Alexa, pon el mensaje navideño de mamá —dijo Alfonso en voz alta, lanzando la orden al dispositivo informático que estaba colocado sobre la balda que separaba la chimenea y el televisor.

Durante unos pocos segundos no se vio nada sobre la superficie LED, hasta que una imagen de vídeo, que parecía grabada con un móvil, se pudo observar en las cincuenta y cinco pulgadas que colgaban de la pared. Elías pudo ver a su hermana tumbada sobre una cama de hospital con unos tubos conectados a sus venas y a la nariz.

Era más que evidente que el vídeo fue grabado en los últimos días de vida de Fátima y tenía la piel pálida y el cabello prácticamente cano por completo. Las arrugas surcaban sus hermosos y almendrados ojos marrones, cuyo brillo había desaparecido y que tenían una mirada triste, aunque no dejó de sonreír mientras hablaba a la cámara.

—Mis queridos niños, ya se acerca la Navidad y creo que este año será la primera vez que no voy a celebrarlo con vosotros —comenzó a decir con una voz débil pero aún firme. Elías no pudo reprimir que las lágrimas comenzaran a brotar de sus ojos como las pequeñas cascadas de un deshielo primaveral.

» Sé que cuando yo no esté, me echaréis de menos y pensaréis que os he dejado solos en este mundo, pero no penséis eso nunca. Siempre os estaré observando desde el Cielo y pediré a los ángeles que también cuiden de vuestro tío, Elías.

El banquero bajó el rostro y se tapó la cara con una mano para llorar desconsoladamente, pero el fantasma la apartó al instante y le obligó a levantar la vista, empujando su barbilla hacia arriba y señalando la pantalla con un gesto airado. Quería que terminara de ver y escuchar el vídeo entero.

—¿Por qué vas a pedir eso, mamá? —se escuchó la voz de Alfonso al otro lado de la cámara—. Él nunca nos ha querido ni se ha preocupado por nosotros y por eso tuvimos que emigrar a Alemania, para buscarnos la vida.

—Eso es verdad, nada le debemos a ese hombre —corroboró Damián.

—Hijos míos, no conocéis de verdad a vuestro tío aún —dijo ella, mientras la voz débil comenzó a quebrarse por un dolor que llevaba guardando demasiado tiempo en su viejo corazón—. Siempre fue una buena persona, no sabéis cuánto, pero las circunstancias que le pasaron en la vida le hicieron convertirse en el hombre frío que es hoy.

» Sé que aún queda mucha bondad en su corazón helado y sé que vosotros le ayudaréis a darle el calor que necesita para volver a mostrarle que la vida puede ser hermosa, cuando tienes a tus seres queridos apoyándote y dándote todo el cariño, sin importar nada más que eso.

» Prometedme que le ayudareis a abandonar ese camino de soledad y odio que eligió hace años. Esa es la labor que yo nunca he podido terminar y que me llevo como una pesada losa en el alma. Juradlo, por favor.

La cámara se movió, como si cambiara de manos, y apareció Alfonso en la imagen acercándose a la cama de su madre y cogiéndola de las manos, las cuáles besó con devoción. Él también lloraba y se agachó hasta ponerse cerca del rostro de Fátima.

—Te lo juro, madre, que siempre intentaré ayudar al Tío Elías a que cambie y descubra que aquí tiene a su familia. Te juro que no le guardaremos rencor alguno y le querremos tanto como tú le has querido siempre.

En ese momento, Elías era un torrente incontrolable de lágrimas. Se levantó de la silla, para sorpresa de Presente, y se acercó a paso lento al televisor, donde la imagen de Alfonso y Fátima inundaba la escena con el zoom centrándose sobre la pareja de madre e hijo. Cuando estuvo cerca del aparato, extendió los dedos y acarició la pantalla con suavidad sobre la cara de su hermana.

—¿Qué he hecho con mi vida, mi amada hermanita? —susurró con la voz entrecortada—. ¿Por qué no te hice caso?

Al momento siguiente, Elías echó la cabeza sobre la balda y se apoyó en su otro brazo para llorar desconsoladamente, mientras mantenía la palma extendida sobre el rostro digital de Fátima. Durante segundos interminables, los diamantes de sal cayeron invisibles sobre el suelo de madera y con cada lágrima que estallaba en el suelo, en sus oídos se oía el repicar de unas campanas que tañían en un lúgubre lamento funerario con su lento compás.

—Debemos irnos ya, Elías —le dijo el Espíritu, poniendo una mano sobre su hombro—. Es la hora de volver.

—Nunca fui merecedor de su amor, ¿sabes? —contestó él, girándose y mirando a Presente.

—Todos merecen el amor y que les den una oportunidad.

—Yo no, ahora lo sé.

—¿Crees eso porque no estuviste con ella en sus últimos momentos de vida?

—No, la abandoné mucho antes, cuando fue madre soltera y no fui capaz de ayudarla a sacar a mis sobrinos adelante. —Elías se limpió las lágrimas del rostro con un pañuelo de papel que llevaba en un bolsillo—. Fui un mezquino idiota. Siempre lo he sido.

—Pero puedes cambiar y eso es lo bueno que tiene la vida, que siempre puedes comenzar una nueva historia desde cero —dijo el Espíritu, mostrando una cálida sonrisa.

—No lo creo —respondió el empresario de forma lacónica y cortante.

Caminaron hacia la salida y por el camino se cruzaron con

Alfonso, que había salido del comedor sin que ellos se hubieran dado cuenta antes. Durante unos segundos, el sobrino de Elías miró hacia la puerta, que estaba abierta aunque él no lo viera con sus ojos mundanos, y emitió un largo suspiro, triste y prolongado.

—Cuánto me gustaría verte aparecer un día por esa puerta, Tío —dijo en voz baja.

El banquero lo vio y escuchó, para luego salir de la casa con una expresión corporal de hombre hundido por un dolor terrible. Se subió a la Harley con Presente y no tardaron en abandonar las calles de Kerpen para volver de nuevo hasta Gran Canaria. Esta vez, Elías cerró los ojos y dejó que los sentimientos se desbordaran a través de sus húmedos párpados hasta que llegaron a capital isleña, que no tardó en aparecer en el horizonte con sus luces reflejadas sobre la oscura superficie marina.

De regreso al mismo punto en el que el Espíritu de las Navidades Presentes le había recogido, éste se apeó de la motocicleta y se despojó del casco para despedirse de Elías. Su cabello apenas dejaba ver algún mechón rubio y casi todo era del color ceniza que anuncia que se acercaba el final. Aun con un aspecto más demacrado, la sonrisa seguía siendo jovial en el rostro del fantasma y el gesto fue bien recibido por su acompañante. El banquero también se bajó de la Harley y se acercó a la puerta de su casa para entrar, como si fuera un alma en pena sin voluntad ni fuerzas para seguir luchando. Abrió la cerradura y se giró para despedirse de Presente.

—Muchas gracias por esta lección, amigo —le dijo con la voz triste.

—No tienes por qué darlas, pero no la olvides nunca, ¿vale? —respondió éste, mientras dos niños se acercaron desde el otro lado del parque.

Tenían pinta de harapientos y desnutridos, y no llevaban apenas ropa de abrigo para protegerse del inclemente frío invernal. El Espíritu los saludó con la mano y les invitó a acercarse hasta él, lo que sorprendió a Elías pues pensaba que nadie podía verle, excepto él.

—¿Quiénes son? —preguntó confuso—. ¿Los conoces?

—¡Oh, claro que los conozco y tú también sabes quiénes son! —respondió el fantasma, mientras los dos niños llegaron hasta ellos.

—¿Yo? No recuerdo haberles visto nunca.

—¡Claro que sí! —Presente pasó sus brazos por encima de los hombros de los dos niños, cada uno a un lado suyo—. Este es Pobreza y este es Ignorancia, y el resultado de mezclar ambas cosas ya lo has visto en las casas de Berta y de Sonia.

Elías los observó pensativo y luego asintió en silencio, como si entendiera a la perfección lo que quería decir el Espíritu. Después se acercó unos pasos a ellos y tendió la mano para tocarles, pero ellos lo rechazaron dando un paso hacia atrás y mirándole con gesto de rabia en la cara.

—¿Qué os pasa?

—Tú, viejo, tú eres lo que nos pasa.

—Sé que he hecho mucho mal, pero dadme la oportunidad de enmendarlo, por favor —dijo con un tono de súplica.

—¡Somos unos inmigrantes! —el timbre de Ignorancia se volvió como el suyo propio al instante.

—¡Nadie nos va a ayudar! —Lo mismo sucedió con Pobreza.

—¡Yo os ayudaré! ¡Perdonadme, os lo suplico! —gritó él con desesperación, arrodillándose ante ellos.

Presente volvió a subirse a la moto y se puso el casco,

mientras que los dos niños se colocaron en el asiento trasero y se agarraron a su ancha espalda.

—¡No os vayáis! —dijo Elías, acercándose a ellos.

—Es nuestra hora, amigo —replicó el Espíritu—. Ahora debes recibir al último Espíritu.

—Lo sé, y me da más miedo que tú y Pasado.

—Así deben ser las cosas. —Arrancó el motor y giró la manecilla para comenzar a rodar sobre el asfalto—. ¡Adiós, amigo!

Una fracción de segundo más tarde, Elías volvió a quedarse solo en medio de la calle. Comenzó a nevar de nuevo y él miró al cielo con resignación. Regresó a la entrada de la casa y se introdujo en el interior, cerrando la puerta tras de sí con suavidad.

"—¡Claro que sí! —Presente pasó sus brazos por encima de los hombros de los dos niños, cada uno a un lado suyo—. Este es Pobreza y este es Ignorancia, y el resultado de mezclar ambas cosas ya lo has visto en las casas de Berta y de Sonia."

ACTO IV

EL ESPIRITU DE LAS NAVIDADES FUTURAS

CAPITULO X

Elías se acercó hasta las escaleras para ascender a la planta superior y asearse un poco antes de recibir al último Espíritu de la Navidad, la del Futuro. Sabía que no tendría demasiado tiempo para arreglar el estropicio que los viajes con Presente habían dejado en su rostro, marcado de surcos de lágrimas y con el poco cabello que le quedaba en la cabeza, despeinado por completo. Sin embargo, todas sus esperanzas desaparecieron al instante siguiente, cuando puso el pie en el primer escalón y fue a impulsarse para llegar al segundo peldaño.

Una sombra imponente estaba apostada ante él y abarcaba casi toda la vista del empresario, que cayó hacia atrás y se dio un costalazo contra el suelo por el susto que se había llevado. Se incorporó un poco y quedó apoyado sobre los codos, mientras no apartaba los ojos de la presencia de aquél ser de más de dos metros de altura y en cuyas malvadas pupilas se podían divisar unas llamas infernales que ardían de forma incesante.

Llevaba puesta una túnica de color negro, ribeteada con motivos navideños dorados que parecían gastados y viejos. Tenía dos cuernos largos que se curvaban hacia atrás, separando las puntas de ambos en un arco elíptico. Su rostro estaba surcado de cicatrices sangrantes y en su boca se podían percibir dos hileras de afilados colmillos de diferente tamaño. El ente parecía esbozar una siniestra sonrisa, como si le divirtiera haber causado tal efecto en Elías.

—¡Vaya, vaya, así que te has asustado al verme! —dijo con una voz gutural y grave. Avanzó hasta llegar a la altura de Elías y se quedó sobre él con las patas abiertas, en forma de pezuñas de un fauno—. Siempre causo esa reacción en todos vosotros, pobres humanos.

—¿Eres el Espíritu de las Navidades Futuras? —acertó a preguntar el banquero, que no se atrevió a levantarse.

—El mismo.

—Pensé que vendrías de otra forma, con otra apariencia.

—¡Por supuesto, Dickens, cómo no! —dijo indignado el

Espíritu—. Ese infeliz me ridiculizó en su libro y me presentó como si fuera la Muerte, mudo y sin apariencia física. ¡Pues mintió! —Se agachó y dejó su rostro a escasos centímetros sobre Elías.

—Sí, ya me voy dando cuenta de eso —comentó él con tono balbuceante, asustado—. ¿Tienes nombre, o eres como Pasado y Presente?

—¡Claro que tengo nombre! ¡Krampus es como me llamo!

—Bien, un placer conocerte, Krampus. —Elías le tendió la mano con un gesto dubitativo.

—¿Encantado? —Le cogió por la extremidad con su garra y lo alzó en el aire con suma facilidad para ponerle en pie—. Te aseguro que cuando acabe contigo, Elías Avaro, no vas a estar nada encantado. —Se agachó un poco para ponerse a la altura del humano y entrecerró los ojos en un gesto malévolo—. ¡Venga, vamos a mostrarte lo que te espera, maldito ingenuo! —El Espíritu volvió a tirar de él y le arrastró hasta la calle otra vez.

Todo parecía ser normal en la zona, menos algunas cosas que Elías consideró que no había visto antes. Para empezar, la carretera por donde había transitado Presente ya no estaba asfaltada y ahora era una vía peatonal. La plaza adyacente ya no tenía el techo de hojas perennes de los laureles de indias y, el detalle más curioso para él: no había nieve alguna a la vista. Eso sí, llovía a cántaros y hacía bastante bochorno en ese momento. En todo caso, el empresario no pudo recrearse mucho en estos detalles, ya que Krampus tenía otros planes para él.

Sin que pudiera tan siquiera resistirse, la garra agarró a Elías por la parte trasera del cuello de su camisa y lo metió en un gran saco negro que llevaba colgado a la espalda, similar a la túnica que cubría su figura diabólica. Sintió que caía en una oscura sima que parecía no tener fin y en la cual no se veía el final. Hasta que, cuando menos lo imaginaba, se dio de bruces contra un suelo duro y frío. No sin cierta dificultad, logró ponerse en pie y se enfrentó con el Espíritu.

—¡Ese golpe me ha dolido! —gritó indignado.

El Krampus colocó un dedo sobre los labios agrietados y ensangrentados y señaló en dirección a un lugar que Elías identificó al instante. Estaban en el salón de la casa de Berta y escuchó lamentos y tristes gemidos. No había adornos navideños ni tampoco una pista de que allí fuera a celebrarse alguna fiesta esa noche. El banquero fue hasta donde le señaló el demonio y se encontró con Berta, sentada en una silla y vestida de negro, acompañada tan solo de Cristian, pues no había el menor rastro de Ismael, ni tampoco de Elvira. Elías miró a Krampus y éste se cruzó de brazos, haciendo un gesto con la cabeza para que continuara observando la escena que tenía ante él.

—Mamá, no llores más —decía un triste y crecido Cristian, que ahora llevaba el pelo más corto y aparentaba superar la veintena de años—. Ella está ahora mejor en otro sitio y no le gustaría verte así.

—¿Qué voy a hacer sin ella? —La pobre mujer secaba sus lágrimas con un pañuelo de tela, arrugado y desgastado—. Si hubiera tenido dinero para poder ayudarla, ahora estaría viva.

—Madre, sabes que eso no dependía de ti. Hiciste todo lo que pudiste.

—No, cariño, no he hecho suficiente por ustedes.

—Debemos seguir adelante, por ella —Cristian lloró también.

Elías entendió en ese instante que la pequeña había fallecido y no pudo contener una lágrima que asomó al balcón de sus cansados párpados. Entonces, Krampus se acercó a él y le puso la garra sobre un hombro, mientras que con la otra mano hizo una señal de círculo en el aire. La casa comenzó a dar vueltas a su alrededor a toda velocidad, hasta que todas las imágenes se volvieron difusas y desaparecieron. Unos segundos después, se encontraban en la calle Triana.

El clima había cambiado otra vez y ahora hacía un gélido ambiente, acompañado de una intensa nevada. Al contrario que le había pasado con los otros Espíritus, en esa ocasión sí sintió el ambiente en su piel y comenzó a tiritar, a la vez que se abrazó a sí mismo con los brazos para intentar calentarse.

Krampus le indicó que mirase en una dirección concreta y se acercaron hasta el lugar dando unos pocos pasos. Allí vieron a Berta abrigada con un sinfín de prendas, sentada en el portal de una oficina y tapada tan sólo con una simple manta. A su lado, un enorme perro se escondía con ella debajo de la misma, también intentando calentarse. El magnate lo reconoció sin duda alguna, era Hulk, que presentaba un aspecto más delgado y abandonado.

Sin embargo, cuando Elías se acercó para hablar con su secretaria, aunque supiera que no le podía escuchar, se encontró con que no se movían ninguno de los dos. Estaban congelados y muertos.

—¡Dios Santo, Krampus! —exclamó Elías apartándose, ya que no daba crédito a lo que veía y se mostró espantado.

—Ella entrará en depresión después de la muerte de Elvira y tú la despedirás —le explicó—. Acabará mendigando por las calles de la ciudad y sus hijos no estarán en su vida.

—¡No, jamás haría eso!

—¡Por supuesto que sí! ¡Todo lo mides en función de tus ambiciones personales!

—¡Yo la voy a ayudar a superar sus problemas, lo juro! —exclamó Elías, que comenzó a llorar otra vez.

—No, no lo harás, y por eso acabarán sus hijos metidos en problemas.

—¿Qué quieres decir?

—Ismael ingresará en prisión por intento de homicidio de un policía y Cristian terminará metido en las drogas y lo encontrarán muerto de sobredosis en una esquina de esta misma calle, justo una noche como esta.

—¡No digas más! —Elías se llevó las manos a los oídos y los tapó para no escuchar ni una sola palabra del Krampus.

—¡Hipócrita! ¿Ahora te quieres esconder? ¡Tú eres el responsable de esto!

—¡No, no y no!

—¿No te dijeron que no era nuestra intención hacer que te sientas culpable?

El banquero no respondió e intentó marcharse, pero se golpeó con un muro invisible en cualquier dirección hacia la que girase, como si estuviera encerrado en una enorme jaula de cristal.

—¡Déjame salir de aquí! —gritó desesperado.

—¡Escucha bien, humano, no queremos tus falsos sentimientos de culpabilidad para que pagues con limosnas tu conciencia podrida! ¡Queremos que asumas tu responsabilidad ante estas injusticias!

—¡No soy responsable de esto! —Al final se enfrentó al Krampus cara a cara.

Éste no le respondió y, extendiendo de nuevo su garra, volvió a meterlo en el saco. Elías intentó agarrarse a algo que frenara su caída, pero no halló asidero posible y comenzó a gritar de rabia, ira, frustración, dolor e impotencia. Entonces tomó conciencia de que, sin duda alguna, este Espíritu iba a hacerle sufrir mucho más de lo que imaginaba.

"El banquero no respondió e intentó marcharse, pero se golpeó con un muro invisible en cualquier dirección hacia la que girase, como si estuviera encerrado en una enorme jaula de cristal.

—¡Déjame salir de aquí! —gritó desesperado."

CAPITULO XI

Cuando recibió otro golpetazo en la cabeza y el costado, supo que acababan de llegar a otro sitio, y también tenía claro dónde podía estar: en casa de Sonia. Esperó encontrarse con una escena similar a la de su última visita, pero se sorprendió cuando vio que no era así. En vez de eso, la casa parecía vacía y no observó que hubiera nadie en ella. La cocina estaba con la luz apagada, en el salón no se encontraba Cecilio, ni tampoco había presencia alguna de Katrina y Patricia. Elías imaginó que las muchachas, ahora mujeres con toda seguridad, se habrían independizado hacía mucho tiempo y que el marido de Sonia habría abandonado el hogar.

Entonces, mientras cavilaba sobre todas las posibilidades, le llegó el rumor lejano de un teclado siendo usado en una habitación que había al final del pasillo. Krampus se le adelantó y se adentró en el mismo para llegar hasta la estancia y Elías fue tras él, éste se apartó unos centímetros y vio a Sonia sentada delante de un ordenador, escribiendo algo que él no logró leer. Después, una vieja impresora de inyección de tinta se accionó y salieron dos folios del mismo con un texto.

La mujer se levantó y se acercó hasta la puerta para abandonar el cuarto. Tenía el rostro demacrado, unas arrugas que eran las cicatrices del paso cruel del tiempo y un moretón enorme en uno de los pómulos. Ante esta prueba, el banquero supuso que se había equivocado y que Cecilio seguiría haciendo de las suyas en los años venideros, así que le maldijo entre dientes. Pero no tuvo tiempo de pensar mucho en eso, pues observó que la limpiadora cogía un abrigo y salió de la casa sin llaves.

—¿A dónde va? —preguntó Elías a Krampus.

—¿De verdad quieres saberlo? —dijo éste.

—Bueno, no sé si… —dudó él.

—Sí, es mejor que veas lo que va a pasar.

De repente, la escena volvió a girar como pasó en casa de Berta y todo la imagen cambió por completo. Ahora estaban en un lugar muy conocido por los habitantes de la isla, y no era precisamente por tener una buena fama. Se trataba del Puente de Silva, una vía que cruzaba un profundo valle en una longitud de más de cuatrocientos metros y una altura de más de cien, y que separaba los municipios de Guía y Moya.

Hacía mucho frío y el clima había cambiado de nuevo, pues ahora volvía a llover con unas finas gotas que parecían agujas líquidas. El Espíritu caminó unos cuantos metros con sus largas pezuñas y Elías le siguió, poniendo la mano delante de la frente para intentar detener un poco el impacto de la fuerte llovizna. Después de caminar un poco más adelante, Krampus se detuvo y señaló una sombra que estaba cerca de ellos.

Sonia estaba sentada sobre una barandilla metálica, mirando hacia el mar, que estaba a unos pocos kilómetros de distancia. El océano era invisible a los ojos en ese momento, pues no había luz alguna que lo iluminase, pero Elías sabía que ella lo miraba más allá de este mundo. Y también sabía otra cosa, que no estaba allí precisamente para observar un oscuro océano.

Era conocedor de sobra de qué iba a hacer y por eso corrió hasta ella para agarrarla y echarla de nuevo hacia la carretera para salvarle la vida. Pero sus brazos atravesaron la imagen etérea de la mujer, por más que lo intentó varias veces, así que se apartó de la visión y se dirigió a Krampus.

—¡Haz que pare esto, por favor! —le gritó desesperado.

—Te lo recuerdo otra vez: esto es responsabilidad tuya —contestó con vehemencia.

—¡Vale, lo acepto, pero bájala de ahí!

—De acuerdo, como quieras.

Sin dar tiempo a reacción alguna, Sonia se lanzó al vacío y Elías se acercó a toda prisa a mirar por la barandilla para encontrarla., pero el fondo del valle estaba completamente a oscuras y no pudo percibir nada. Se arrodilló sobre el asfalto y comenzó a llorar, soltándose de los hierros y poniendo las manos en el mojado suelo.

—¡Dios mío, ayúdame! —gritó, alzando la cabeza hacia el cielo, que lloraba ante la triste imagen que acababa de ver.

—¿Qué esperabas que pasaría? —Krampus se acercó a él y le levantó del suelo, agarrándole por el pecho—. Su mejor amiga muerta, sus hijas convertidas en prostitutas en Madrid y tú la despediste también a ella por denunciarte por incumplir el convenio laboral y obligarla a trabajar varias navidades seguidas.

—¡Eso no va a pasar! —exclamó él, intentando deshacerse de la garra—. ¡Cambiaré y todo esto no pasará!

—Tú no puedes cambiar, Elías

—¡Lo haré!

—¡Insensato, yo sé reconocer un alma maldita en cuanto la huelo, y la tuya apesta a damnación eterna! —Krampus lo arrojó de nuevo dentro el saco y la sensación de caída regresó otra vez, aunque esta vez fue más corta.

Lo que más sorprendió a Elías fue que no hubo impacto contra un suelo duro, sino que cayó encima de un colchón, cómodo y caliente. En todo caso, la agradable sensación inicial dio paso a un pánico incontrolable que atenazó sus músculos, que eran incapaces de moverse de donde estaban colocados. Tenía los brazos situados a lo largo de su cuerpo y con los ojos abiertos de par en par, vio que encontraba en una habitación de hospital, llena de aparatos y con una enfermera que le dedicó una cálida sonrisa. Krampus estaba detrás de ella y su gesto era mucho menos agradable, aunque también sonreía, pero con malicia.

—¿Cómo ha evolucionado hoy el señor Avaro, Tina? —dijo un médico que entró en ese momento en la habitación.

—Creo que le han detectado Hepatron también, como todos los que vienen últimamente, doctor —contestó la joven.

—Esta nueva pandemia está siendo aún peor que la que sufrimos con el maldito coronavirus —aseveró el licenciado.

—Sólo espero que no se lleve tantas vidas por delante, Fran —reflexionó Tina.

Entonces Elías reparó en que su rostro, sobre todo los ojos, y su cabello le recordaban a alguien y cayó en la cuenta de que tenía también un nombre muy familiar para él. Intentó sonreír y decir algo, palabras que salieron a duras penas de su garganta, como si fueran suspiros vocales.

—¿Te llamas Tina? —logró decir el moribundo Elías.

—Sí, como mi madre. Ella le conocía, creo —contestó ella, acercándose a la cama.

—Sí, fuimos…

—Novios, lo sé —dijo con una hermosa sonrisa dibujada en los labios.

—¿Cómo ésta? —preguntó él.

—Murió hace unos años de cáncer. —La sombra de la muerte marcó los rasgos hermosos de la chica. Elías comenzó a llorar sin darse cuenta y Tina le cogió la mano con ternura—. Me dijo una vez que siempre se arrepintió de haberle abandonado y que esperaba que algún día pudiera perdonarla.

—Siempre la perdonaré… —apostilló él.

Cuando iba a continuar hablando, se interrumpió de repente y las señales de las constantes vitales indicaron que estaba entrando en parada cardiorrespiratoria. La joven accionó el botón de emergencia y entre el médico y ella intentaron reanimarle, pero sin éxito. El empresario sintió que le dolía el pecho y tuvo una angustiante sensación de falta de aire que duró un tiempo que no supo determinar. Hasta que todo cesó de golpe y no sintió nada más.

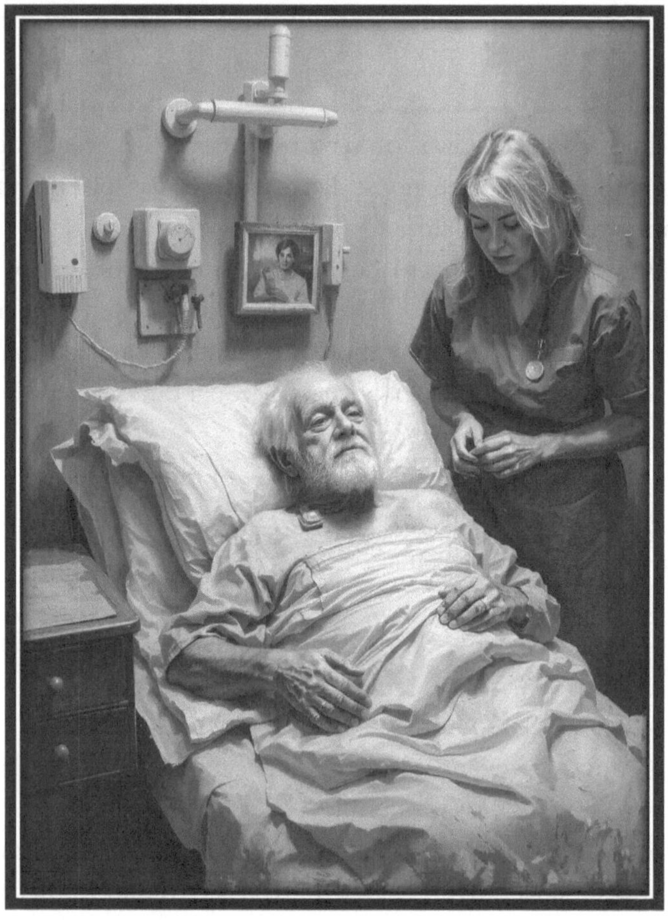

En la esquina de la habitación, Krampus alzó su garra otra vez y arrancó el alma de Elías del viejo cuerpo, que quedó inerte sobre la cama. Al momento, la escena volvió a cambiar como antes y todo se volvió difuso ante los ojos del banquero, pues parecía que el nuevo sitio al que habían llegado no tenía una forma definida. Lo único que pudo sentir era un calor sofocante que le hizo sudar con profusión. Esta sensación apenas duró unos segundos y después volvió a notar un frío helador que congeló las gotas de sudoración sobre su piel.

—¿Dónde estamos, Krampus? —dijo, confuso.

—En mi hogar —respondió él.

El Espíritu pasó la mano por delante de la cara de Elías y no tardó en observar cuál era el sitio donde habitaba el demonio. En un cielo de roca negra, como si estuviera hecha de lava seca, vio que había una enorme explanada hecha de la misma materia oscura, sólo que ésta presentaba un número indeterminado de riachuelos de lava ardiente que la surcaban como si fueran estrías incandescentes.

Ante él había miles de almas condenadas que se lamentaban de la suerte que habían corrido después de morir, a la vez que eran azotados con látigos de fuego por muchos congéneres de Krampus.

Asustado, Elías intentó recular unos pasos para alejarse de la visión, pero notó un calor que ascendía por sus piernas y le hizo gritar de dolor. Sus extremidades estaban desnudas, como todo su cuerpo, y las llamas le consumían piel y carne, músculo y hueso, provocando un sufrimiento inenarrable en él. Al momento siguiente, Krampus sacó un látigo como el de los otros demonios y azotó al banquero en el cuerpo. La sierpe de llamas se enrolló alrededor de toda el cuerpo del banquero, desde la cabeza hasta los pies, y el Espíritu tiró hacia atrás, lo que hizo que arrancara trozos de piel quemada.

—¡No, por favor! —gritó el humano, arrodillándose de dolor.

—¡Nos vamos a divertir, infeliz mundano! ¡Estaré así toda la eternidad! —dijo Krampus, carcajeándose de forma siniestra.

—¡Déjame ir! —suplicó él.

—¿Para qué? —Otro latigazo hizo que Elías se tumbara sobre el suelo ardiente—. ¡No puedes cambiar las cosas y acabarás aquí de igual forma!

—¡Cambiaré!

—¿Por qué alargar las cosas? ¡Ya estás aquí, con tus inútiles humanos!

—¡Todavía no estoy preparado! —siguió suplicando Elías.

—¡A quién le importa lo que tú opines! —Se carcajeó el Krampus—. ¡Te creías poderoso y alardeabas de eso con tus compinches, pero ya no tienes escapatoria, Elías Avaro, y aquí vas a pasar toda la eternidad!

—¡No, por favor, dadme otra oportunidad y juro que no volveré a ser un humano tan cruel!

La agonía que sintió duró todavía cuatro latigazos más, a la vez que las llamas de las piernas siguieron consumiendo su anatomía, que se recomponía una y otra vez para no dar un respiro al tormento que sufría. Krampus disfrutaba con cada nuevo golpe que propinaba al banquero y no cesó en ningún momento de azotarle con el látigo de fuego.

Sintiéndose condenado, Elías se dejó caer por completo y perdió el conocimiento. Todo se volvió oscuridad a su alrededor y no hubo más caídas, ni más latigazos, ni más fuego o lamentos a su alrededor. Sintió que caía en una sima insondable y silenciosa. Sólo había negrura y silencio.

Un tranquilo y reconfortante silencio.

"La agonía que sintió duró todavía cuatro latigazos más, a la vez que las llamas de las piernas siguieron consumiendo su anatomía, que se recomponía una y otra vez para no dar un respiro al tormento que sufría."

CAPITULO XII

Una débil luz solar entraba por la ventana de la casa, un fino hilo dorado que impactó de lleno en la cara del empresario. Al abrir los ojos de nuevo, Elías aún notaba el dolor en las piernas y en la piel. Ya no escuchaba los lamentos de los condenados, ni tampoco sintió el azote del látigo ni el fuego en las piernas.

Todo había desaparecido y se percató de que estaba tumbado en el sofá de su salón. El televisor estaba en funcionamiento y en la pantalla del mismo se podía ver una escena de la película '¡Qué Bello es Vivir!'. En concreto, la parte en la que el protagonista está en el puente, decidiendo si tirarse desde el mismo al río helado o no. El banquero, confundido, se encaminó hasta el aseo que tenía en la planta inferior y se miró en el espejo.

Vio que en su rostro no quedaban marcas de haber recibido ningún latigazo, ni tampoco en su piel. Volvía a tener la misma edad que cuando llegó el Krampus y su ropa estaba perfectamente limpia, así como su cabello bien peinado. Miró el reloj y comprobó que eran las ocho y once minutos de la mañana del veinticuatro de diciembre del año dos mil veintiocho. Había vuelto a la realidad, al mismo día que había desperdiciado y en el que había ordenado a sus empleadas que vinieran a trabajar en Navidad. Era la misma mañana en la que rechazó a Alfonso de una forma brusca y cruel. Era la mañana en la que tenía claro que iba a cambiar para siempre su vida.

—¡Alexa, pon villancicos! —gritó al aparato para que hiciera sonar los acordes de las canciones navideñas más conocidas, tanto cantadas en inglés como en castellano.

De entrada, la primera canción que resonó en los altavoces de la casa fue el 'Jingle Bells Rock', de Bobby Helms, todo un clásico en esas fechas. Al son de las notas que volaban en el aire, Elías fue corriendo hasta la planta superior, se dio una fugaz ducha y se vistió de forma elegante, como siempre. Después, cogió las llaves de la casa y pidió al dispositivo que cortase la música en el momento que él abandonaba la vivienda.

Lo primero que hizo fue ir hasta el cementerio de San Lázaro para visitar la tumba donde estaban los restos de su difunto amigo. Al llegar allí, Elías se dirigió al nicho donde estaba enterrado Isaac Montero y acarició la lápida con un gesto suave.

En ese momento, comenzó a llover y las gotas de agua empaparon al banquero, pero no le importó en absoluto. Se dejó llevar por todos los sentimientos que tenía almacenados en su interior y que estallaron como un torrente, llevándole a llorar de alegría, mientras reflexionaba en voz alta:

—Muchas gracias, viejo amigo —le dijo—. Nos has salvado la vida.

Después de reflexionar unos minutos, volvió al exterior y observó que allí estaba otra vez el joven indigente con su perro, mojándose bajo la lluvia e intentando arroparse con una ajada tela. Parecía que los años no habían pasado sobre él, pues hacía siete años que lo vio por primera vez, pero pensó que quizá se debía a su aspecto desaliñado. Dio dos pasos adelante para continuar su camino hacia el coche, pero volvió la mirada hacia atrás, se quedó mirando para ellos y decidió acercarse.

—¿Necesitan ayuda? —les dijo.

—Todos necesitamos ayuda, ¿no le parece? —comentó el vagabundo. A Elías le extrañó la respuesta, pero no dijo nada al respecto.

—Tome, coja esto. —El banquero sacó unos billetes y una tarjeta de la cartera y se los dio—. Cojan un taxi y vayan a esta dirección, es uno de mis hoteles más lujosos. Yo soy el propietario del mismo, así que llamaré para avisar de que llegan y me aseguraré de que les traten con respeto y dignidad.

—Muchas gracias, señor. ¿Cómo puedo agradecérselo?

—No se preocupe por eso, joven —respondió Elías, que se giró para marcharse. Cuando estaba cerca del vehículo, se giró otra vez—. ¿Qué sabría hacer usted si le diera un trabajo?

—Soy escritor, señor —respondió el sin techo.

—Escritor, ¿en serio?

—Sí, señor.

—Venga el martes por mi despacho, creo que tengo una interesante historia que podría escribir. Elías se subió al coche y desapareció bajo la lluvia, pero conduciendo con más precaución.

Varios minutos después, aparcó cerca del edificio del banco y fue caminando hasta la sucursal con una sonrisa dibujada en el rostro, a la vez que la lluvia de la mañana iba cambiando por un clima más gélido que presagiaba otro día de nieve en la capital grancanaria. Incluso, cuando llegó a las puertas de las oficinas, cayeron los primeros copos sobre él. Eso sí, antes de entrar, cambió el gesto y abrió la puerta con el rostro serio que había mostrado siempre, con el ceño fruncido.

—Buenos días —dijo con el tono más duro que pudo.
—Buenos días, señor —respondieron al unísono Berta y Sonia, que ni siquiera le miraron.
Con paso vivo, se adentró en el despacho y no dijo una palabra más. Encendió el ordenador y se sentó delante del mismo. Lo primero que hizo cuando se inició la sesión fue buscar el correo de la ONG que había borrado, pero que aún estaba en la bandeja de entrada. Escribió un largo texto en el que explicó que estaba dispuesto a colaborar, pero que necesitaba reunirse con algún responsable para trazar un plan contra la pobreza en la isla, un programa que pagaría él íntegramente. Después de revisarlo, pulsó el botón de "enviar" en la pantalla.

Un segundo más tarde, buscó la aplicación de videollamadas en la misma y la activó. En la agenda estaba la dirección de correo electrónico de su sobrino y realizó el intento de conexión. Durante varios segundos, y después de cuatro tonos, Elías pensó que no le contestaría, pero en ese momento la imagen de Alfonso apareció en la ventana.

—¿Tío Elías? —preguntó—. ¿Eres tú?

—Hola, Alfonso —dijo él con el rostro triste.

—¡Qué curioso, iba a llamarte esta tarde para invitarte a venir a cenar con nosotros! —respondió su sobrino.

—Acepto la invitación, pero primero quiero disculparme por todos estos años en los que no he estado a vuestro lado.

—Tío, es Nochebuena, por supuesto que te perdonamos, y me encantaría saber que al fin vas a venir a reunirte con la familia.

—Iré con toda la humildad, mi querido sobrino, pero con una condición.

—¿En serio vas a venir? —El hombre mostró una alegría inesperada para Elías—. ¿Qué condición es esa?

—Bueno, en realidad son dos condiciones. —El banquero comenzó a sonreír, un gesto que su pariente no había visto nunca.

—¡Claro, lo que quieras!

—Primero: nunca dejes de poner el vídeo de Fátima.

—¿Cómo sabes…? —se sorprendió Alfonso.

—Espera, no he terminado aún —le interrumpió Elías—. La otra condición es que tienes que ayudarme con algo que quiero hacer hoy mismo.

—¿Qué quieres que haga?

—Escucha bien, que voy a contarte todos los detalles. —El empresario tenía la expresión feliz y jovial de un adolescente que acababa de enamorarse

Berta tecleaba en el ordenador viejo de forma compulsiva y rutinaria, preparando unos documentos que Elías le había encargado el día anterior. Tenía unas tremendas ojeras y una expresión triste se percibía en la mirada de la secretaria.

El día anterior había tenido que ir a la comisaría a buscar a Ismael, que había sido detenido por intentar robar a un repartidor de comida. Al ser menor de edad aún, estaba bajo la tutela de la mujer y se vio obligada a firmar una declaración de responsabilidad para que le soltaran. Además, le había llegado el correo electrónico del doctor del hospital que confirmaba que las pruebas de Elvira mostraban un linfoma desconocido. Por todo esto, las primeras horas de la mañana las había pasado llorando en el baño del banco.

En cuanto a Sonia, tenía un visible moretón en el labio inferior y barría el suelo con la mirada baja y de forma anodina, como si no tuviera fuerzas para mover el palo del cepillo. La noche anterior se había peleado con Cecilio porque le pilló dentro de la habitación de Patricia, desnudo y tumbado sobre la cama de la joven. En su mente sólo había imágenes de dolor y las lágrimas de su hija intentando zafarse del maltratador.

Eran casi las nueve de la mañana y cada una de ellas cumplía con su labor como podían, ya que sus cerebros estaban bloqueados por los problemas. Fue cuando el reloj estuvo a punto de dar la hora, cuando Elías salió del despacho con el rostro sonriente. Ellas le miraron y luego lo hicieron entre ellas, sin comprender qué podría alegrar tanto a su jefe. En escasas ocasiones le habían visto dibujar los labios con la curva de la felicidad, y cuando eso había pasado era porque había ganado mucho dinero con alguna inversión o había ganado algún juicio a inversores o compradores morosos.

—Berta, mañana a las ocho y media tengo reunión con Pablo Déniz, el dueño de Edificaciones Atlánticas —dijo él, cuyo tono de voz iba en consonancia con la expresión de su cara.

—Sí, señor, lo sé —contestó ella, sin saber qué estaba pasando.

—Bien, pues anula la reunión y posponla para el martes.

—¿Disculpe? —La mujer abrió los ojos de par en par, sin dar crédito. Sonia paró de barrer y echó una mirada a su amiga con gesto interrogante, encogiéndose de hombros.

—¿Tengo que repetirlo? —fingió endurecer el tono.

—No, señor, pero es que…

—¿Me va a decir que quieres trabajar en Navidad?

—¡No, claro que no!

—¡Exacto, y tampoco deberíamos estar aquí ahora mismo! —Se sentó al lado de ella, cogiendo la silla que estaba al otro lado del viejo escritorio—. ¡Es domingo, por Dios!

Las mujeres estaban completamente ojipláticas, sin comprender qué le ocurría a Elías y qué habría pasado para que aquel hombre, que siempre se había mostrado mezquino con ellas, ahora tuviera un comportamiento tan diferente. En todo caso, Berta se atrevió a preguntarle:

—¿Y qué hacemos entonces, cerramos las oficinas?

—¡Por supuesto, mis buenas amigas! —Se levantó de la silla de un salto y se acercó a Sonia, a la que tomó de las manos y acarició la herida que tenía en el labio—. Yo me encargaré de que no te pegue más y de que no abuse de tus hijas.

—¡Y en cuanto a ti, mi querida secretaria! —Fue hasta Berta y volvió a sentarse a su lado—. Ten por seguro que a partir de hoy tendrás una vida mucho más digna de la que te he proporcionado hasta ahora. Me encargaré de pagarle los estudios a Cristian en la Escuela de Bellas Artes, y a Ismael, bueno, ya veremos cómo lo arreglamos, pero estoy seguro de que es un buen chico y podremos hacer que se convierta en un gran hombre.

—¿Qué le ha pasado, señor? —preguntó Sonia, acercándose a ellos.

—Mi querida Sonia, la pregunta correcta sería, "qué es lo que no me ha pasado", pero eso carece de importancia, por ahora. Preparaos para cerrar todo y venir conmigo, que quiero enseñaros algo.

Las mujeres sonrieron entre ellas y luego se lanzaron a abrazar a Elías, que recibió los agasajos como un colegial al que regalan una bolsa llena de chucherías.

—¡Venga, venga, que tenemos muchas cosas que hacer hoy! —les dijo.

Acto seguido, las dos fueron hasta el perchero y cogieron los abrigos, apagaron las luces y los ordenadores y salieron junto a Elías al exterior, donde una débil nevada les recibió. A pesar del aire frío, los tres se encaminaron hasta donde el banquero había aparcado el coche, muy cerca de las oficinas, y se montaron en el mismo. Un minuto después, ya circulaban por las calles de Las Palmas para salir por la circunvalación que debía llevarles hasta San Lorenzo.

Cuando alcanzaron el barrio, Elías se detuvo delante de un grupo de chalets adosados que estaban colocados de forma ordenada a lo largo de una amplia calle. El banquero les indicó a las dos que se apearan del vehículo y les señaló dos de las construcciones, que estaban tan sólo separadas por un muro. Eran edificaciones de dos plantas, con un garaje subterráneo individual y parecían amplios y confortables.

—Antes de venir, mientras os preparabais para cerrar el banco, he hablado con Pablo para cancelar la cita de mañana y para hacerle una oferta por toda la urbanización —dijo él.

—¿Toda la urbanización? —preguntó sorprendida Berta.

—Sí, mi querida amiga, y quiero que estos chalets sean ocupados cuanto antes. —Hizo una pausa de unos pocos segundos y luego continuó—. Vosotras dos y vuestras familias seréis las primeras propietarias de la zona. Esas dos casas son vuestras. —Señaló a ambas viviendas que tenía delante.

—¿Cómo? —Sonia no podía creer lo que acababa de escuchar.

—Dije que quería ayudaros en todo lo que pueda, y creo que lo primero que hay que hacer es que podáis disponer de una vivienda digna.

—Pero nosotros no podemos pagar la hipoteca de una casa así —se quejó Berta.

—Por eso no te preocupes, ¿de acuerdo? —Le puso una mano en el hombro—. Estos dos chalets son los primeros regalos navideños que os quiero hacer. Tengo muchas cuentas pendientes con esta sociedad y quiero empezar a saldarlas con vosotras.

Las dos comenzaron a llorar de alegría y dar saltos, para después volver a abrazar a Elías y llenarle de besos por toda la cara y la frente. Cuando pudo controlar los sentimientos de sus nuevas amigas, el banquero las invitó a entrar para que vieran el interior. El recorrido de la visita duró casi media hora y luego volvieron al coche, donde tenía otras sorpresas preparadas para ellas.

—Bueno, ahora vamos a pasar por el banco y voy a daros dinero para que compréis los regalos que queráis para vuestras familias. Eso sí, no vais a celebrar la Nochebuena en vuestras casas, sino en la mía, ¿de acuerdo?

—¿En la suya?

—Sí, traed a vuestras familias en cuanto os deje en casa y quedaos unos días, mientras organizo vuestras mudanzas a los chalets. Y, por cierto Berta, trae a Hulk, me encanta ese perro —comentó Elías, mientras le guiñaba un ojo.

—¿Y usted? ¿Qué va a hacer? —preguntó Sonia.

—Por favor, no me llaméis más de esa forma. A partir de hoy quiero que me tuteéis, y si veis que digo algo inapropiado, sacudidme con lo que tengáis a manos para que entre en razón —bromeó él.

—¡Será un auténtico placer, Elías! —comentó Berta con sorna.

Los tres rieron en una explosión de alegría y a continuación el empresario hizo lo que prometió, sacó el dinero de su banco y las dejó en las puertas de sus respectivas viviendas. Se despidió de ellas con abrazos y besos, y luego condujo en dirección sur hacia el aeropuerto.

Mientras iba saliendo de Las Palmas de Gran Canaria, y después de atravesar unos túneles, accionó el control de voz del coche y pidió hacer una llamada que tenía pendiente. Durante unos pocos segundos, tres tonos de llamada fueron los que sonaron antes de que alguien contestara al otro lado del sistema de manos libres.

—¡Elías, viejo colega! —dijo una voz masculina al otro lado—. ¿Qué tal estás?

—¡Buenos días, Toño! Bien, gracias, ¿y tú? —contestó él.

—Pues agobiado con estas malditas fiestas, ya sabes que tenemos mucho trabajo en estos días.

—No me extraña, suelen aumentar los casos de hurtos y demás, ¿no?

—¡Tanto que sí! ¿En qué puedo ayudarte?

—¿Todavía sigues siendo Comisario Superior de Policía? —preguntó el banquero.

—Hasta el año que viene, que por fin me jubile, sí —respondió Toño.

—Perfecto. Quiero que me hagas un favor especial.

—Dime qué es.

—Hay un sinvergüenza en el barrio del Polvorín que se dedica a pegarle palizas a su mujer y abusa de sus hijas —explicó Elías—. ¿Podemos hacer algo para que la justicia se ocupe de él y lo mantenga a la sombra una buena temporada?

—Dalo por hecho. Me encargaré personalmente de ese cerdo. ¿Tienes los datos? —La voz de Toño se volvió fría y elocuente.

—Te los paso en un rato por mensaje. Muchas gracias, viejo amigo.

—No tienes por qué darlas, para eso estoy.

—Por cierto, otra cosa —terminó de decir Elías—. ¡Feliz Navidad!

—¡Vaya, tú felicitando estas fechas, ahora sí que estoy sorprendido! —se despidió el comisario—. ¡Feliz Navidad también para ti, bribón!

Un segundo después, la llamada se colgó y Elías puso la radio para seguir escuchando villancicos hasta que llegó a su destino. En la pista del aeropuerto le esperaba su avión privado para llevarle a un lugar que había conocido gracias al Espíritu de las Navidades Presentes, Alemania.

Si no había contratiempos, llegaría sobre las seis de la tarde a Kerpen, donde sus sobrinos ya le estaban esperando, y donde Alfonso y él habían preparado una sorpresa especial para todos. Este año, el mensaje de Fátima no sería a través de un vídeo, sino que le había encargado comprar un dispositivo de representación holográfica de inteligencia artificial que recrearía la presencia de su hermana en la fiesta, junto a ellos.

"—¡Alexa, pon villancicos! —gritó al aparato para que hiciera sonar los acordes de las canciones navideñas más conocidas, tanto cantadas en inglés como en castellano."

EPILOGO

Y así acabó esta historia que les he contado, la de mi amigo y mentor, la del mejor hombre que he conocido en mi vida y que nos otorgó el mayor regalo que alguien nos puede hacer, cuidar de nosotros. De hecho, lo crean o no, Elías cambió muchas cosas en nuestra sociedad y su aportación hizo que el sistema cambiara para ser más justo con todos.

Hizo todo lo que prometió, primero por Berta, cuyos hijos salieron adelante y lograron llegar lejos. Ismael hizo la carrera de Trabajo Social y se dedica a ayudar a personas de diferentes colectivos migrantes para que puedan adaptarse al país. Cristian se ha convertido en un genial artista y ya ha realizado varias exposiciones por toda Europa. En cuanto a Elvira, se curó del linfoma y ahora está estudiando en la Universidad de Las Palmas para ser doctora, quiere ser oncóloga infantil.

Sonia ahora es gobernanta de un edificio hotelero en el sur de la isla y procura que todas las limpiadoras tengan sus derechos laborales intactos y un sueldo digno. Su hija Katrina sacó la carrera de Turismo y es la directora de dicho hotel. Sobra decir quién es el propietario del mismo, ¿a que lo adivináis?

Por último, Patricia decidió ser Policía Nacional y se ha especializado en Violencia de Género. Actualmente trabaja en la Jefatura Superior de Policía de Las Palmas de Gran Canaria.

En cuanto a mí, Elías me ayudó a salir de la calle y ahora

me dedico a gestionar los contenidos de las webs de sus múltiples empresas y también, de vez en tanto, suelo escribir algún libro. De hecho, este mismo que tienes entre tus manos llevaba un par de años rondando mi mente y creo que este era el momento ideal para contaros la historia de Elías Avaro y los Espíritus de la Navidad.

Diréis que esta historia es una invención de un loco escritor, o puede que sea tan sólo un cuento de fantasía. Si estáis pensando eso, dejadme que os recuerde algo: los tres Espíritus siempre están vigilando y nunca se sabe quién será el próximo ser humano al que visitarán. Quizá seas tú en estas Navidades, así que, si fuera tú, me andaría con ojo para no soliviantarles.

En todo caso, dejen que termine mi historia con un homenaje final al auténtico creador de la Navidad, al maestro Charles Dickens, y que parafrasee, con alguna modificación, las palabras del pequeño Tim en la versión original de 'Canción de Navidad': Sea cual sea el dios al que reces, o las energías en las que creas, o aunque no creas en nada, te deseo bendiciones y que pases una maravillosa y Feliz Navidad.

REVIVIENDO A DICKENS, EL PADRE DE LA NAVIDAD MODERNA

ORIGEN

Cuando hoy día vivimos la Navidad como la festividad que celebramos cada año, sin duda alguna debemos tener en cuenta que ésta no la concebiríamos de igual forma sin la sempiterna influencia de Charles Dickens, al que se le conoce como el Padre de la Navidad Moderna.

El porqué se le atribuye esta potestad viene determinado por su novela corta, "Canción de Navidad", que publicó el 19 de diciembre de 1843 y que fue todo un fenómeno de ventas en cuanto se expuso en las librerías de toda Inglaterra. Pero vamos a ponernos en situación y comencemos esta breve tesis dickensiana como es menester, es decir, hablando de la obra en sí misma y destripándola en su esencia, desde su origen hasta su influencia a día de hoy.

Es sabido que Dickens provenía de una familia acomodada de la clase media, aunque esta situación tuvo un duro revés cuando su padre fue encarcelado por moroso, dado que derrochó demasiado dinero y esto supuso un contratiempo para Charles y su familia.

Él nació en 1812, y fue en 1824 cuando arrestaron a su progenitor. Con la bancarrota familiar, él se vio obligado a desprenderse de su biblioteca personal para sacar algunos chelines con los que ayudar a su madre, además, se puso a trabajar en una fábrica de betún, llena de ratas y en un ambiente completamente hostil para él. Todo eso le llevó a albergar sentimientos de rabia y frustración que, según algún biógrafo, produjo un efecto profundo en la forma de escribir del autor.

Pero, en cuanto a la Navidad como fiesta, lo cierto es que Charles Dickens siempre intentó celebrarla como mejor pudo. Teniendo en cuenta que fue la Reina Victoria la que puso de moda el uso del Árbol de Navidad en la Inglaterra de mediados del siglo XIX, y que los villancicos tradicionales volvían a estar en boca de todos los celebrantes, el ambiente navideño se convirtió en uno de los momentos más esperados por los ingleses de la época.

En todo caso, por mucho que la monarquía o la aristocracia disfrutasen con opulencia esta festividad, lo cierto era que la sociedad estaba hundida en una gravísima crisis económica que dejaba poco espacio a alegrías o despilfarros. De hecho, teniendo en cuenta el paralelismo socio-económico con respecto a la actualidad, se podría calcular que dicha crisis podría equipararse a la que vivimos en el año 2008. De esta forma, puedes hacerte una idea de cómo de difícil podría ser para las familias inglesas de aquella centuria el poder disfrutar de unas navidades.

Dickens era consciente de esta realidad, como siempre lo fue con toda las obras que escribió, en las que quería reflejar las injusticias de un sistema que machacaba sin remisión a la clase obrera, a favor de una cada vez más enriquecida alta burguesía. Por este motivo, tuvo la idea de crear una novela que identificase la Navidad como una fiesta para todos, sin distinciones sociales, pero señalando de forma directa a quiénes consideraba responsables de las miserias sociales que le rodeaban.

En este aspecto, lo que más impactó a Dickens, y que fue alimento fundamental de su obra, era la enorme pobreza infantil que reinaba en Inglaterra en la primera mitad del siglo XIX, lo que le hacía plantearse constantemente cuáles podrían ser las posibles soluciones a una situación que consideraba injusta a todas luces.

Entre los ejemplos que podríamos destacar, podemos mencionar la visita que realizó a unas minas de estaño, situada en Cornualles, durante el año 1843, y en el cual observó las lamentables condiciones en las que trabajaban los menores. Aparte, en otra ocasión visitó una escuela de la caridad en la que pudo ser testigo impotente de la visión de decenas de infantes harapientos y hambrientos, que estaban hacinados en unas estancias infrahumanas. Con todo esto, Dickens se enfureción sobremanera y siempre se reivindicó como un autor que quería denunciar éstas y otras ablaciones del sistema contra la dignidad humana.

Pero, más allá de esto, la auténtica influencia del autor para escribir "Canción de Navidad" tiene otros componentes más profundos, como su afición a los cuentos populares de este tipo y que le empujaron a crear su primer cuento navideño, titulado "Festividades Navideñas", y que luego se renombró como "Una cena por Navidad", y que fue publicado bajo un pseudónimo, "Boz". Esto se debió a que fue editado en "Sketches by Boz", por lo que de ahí tomó el sobrenombre.

Entre otros, un material que también le sirvió de inspiración para producir su propia novela; por ejemplo, coincidió con el punto de vista de Washington Irving en "The Sketch Book of Geoffrey Crayon.", cuando este hizo alusión a la nostalgia de las Navidades pasadas como medio para recuperar la armonía social que se había perdido en la época contemporánea.

De manera similar, tomó como referencia algunos cuentos de hadas, así como los ensayos "How Mr. Chokepear Keeps a Merry Christmas" y "The Beauties of the Police", de la autoría de Douglas Jerrold.

Otros textos navideños precedentes de Dickens que tuvieron influencia en "Canción de Navidad", de acuerdo con el profesor de literatura inglesa Paul Davis, son "The Story of the Goblins Who Stole a Sexton", y un relato difundido en la revista "El reloj de maese Humphrey", editada por él mismo.

El primero apareció en la novela "Los papeles póstumos del Club Pickwick", publicada en 1836, y su trama describe las vivencias de Gabriel Grub, un sacristán solitario y tacaño que se reconvierte, después de ser visitado por unos goblins que le muestran el pasado y el futuro. Si bien los principales elementos de "Canción de Navidad" están presentes en "The Story of the Goblins", todavía no contaban con la suficiente solidez.

BUSCANDO A LOS ESPíRITUS DE LA NAVIDAD

A pesar de ser un autor de renombre en ese momento, Dickens sentía que sus obras no terminaban de hurgar lo suficiente en el alma de la sociedad. Deseaba que, más allá de considerarle un gran escritor con una visión crítica de la sociedad británica de la época victoriana, él buscaba la forma de que estos libros removieran las conciencias de sus lectores.

Antes de escribir "Canción de Navidad", ya era más que conocido por obras como "Los Papeles Póstumos del Club Pickwick" o "Martin Chuzzlewit", pero sus ventas mermaron con el tiempo y su propia editorial (Chapman & Hall) le amenazó con descender su salario a cincuenta libras, justo cuando su esposa, Catherine, estaba embarazada de su quinto hijo.

Llegado a este punto, Dickens tuvo claro que la mejor manera de hacer que sus inquietudes sociales llegaran a los lectores y les cautivaran era creando una obra navideña de carácter emotivo, una novela que le obligara a abrir su propia alma y sus miedos para plasmarlos en el papel y que éstos fueran los mensajeros de sus palabras.

La editorial se opuso en redondo a favorecer su trabajo, por lo que le amenazaron con despedirle si no les presentaba otro tipo de obra. Él se negó en redondo y se marchó del despacho de los editores, acompañado de su fiel amigo y abogado, Thomas Mitton.

Comenzó a escribir "Canción de Navidad" en octubre de 1843, a un ritmo frenético, además de buscar un ilustrador que considerase digno de representar las escenas de la obra. Para esta labor, le recomendaron a John Leech, un reputado dibujante y caricaturista londinense. Entre ambos surgió la química en cuanto se conocieron y los primeros bocetos no tardaron en llegar hasta las manos de Dickens.

Durante el proceso creativo de la obra, el autor buscó referentes en el entorno real y basó la imagen de Ebenezer Scrooge en un afamado y tacaño hombre de negocios llamado John Elwes. También buscó otras referencias para el resto de personajes, pero le costaba empatizar con ellos durante los ratos que se sentaba a escribir.

Decidido a encontrar la forma de introducirlos en su mente y poder plasmarlos después sobre el papel, Dickens comenzó a realizar largos paseos por Londres, que abarcaban más de veinte kilómetros en algunas ocasiones. De esta forma, sumergido entre las deprimidas calles de la urbe, encontró las ideas y las escenas que buscaba para conmover su interior y, por lo tanto, a sus futuros lectores.

Con todos los elementos rondando en su cabeza, Charles se encerró en su despacho durante horas para escribir y escribir sin descanso, en procesos que podían llevar desde la mañana hasta la madrugada. En palabras de su hermana, «se le oía hablar a solas todo el rato, como si tuviera una conversación interminable consigo mismo».

Este febril proceso de escritura le llevó a estructurar una trama simple, con un solo protagonista y varios actores secundarios que orbitaban sobre el mismo. De ellos, los más importantes y que cobraron más relevancia fueron los Espíritus de la Navidad, cuyas ideas extrajo, como he mencionado antes, del cuentero popular anglosajón.

LA PUBLICACION DE "CUENTO DE NAVIDAD"

Cuando Charles Dickens sintió que la obra estaba lista para ser publicada, éste la presentó ante su antigua editorial para darles la oportunidad de editarla, consejo que le dio Thomas Mitton, pero una vez más fue rechazado por la firma editorial. Enfadado, y motivado por la seguridad del éxito que tendría la novela, se decidió a pedir un préstamo para autopublicar su obra y ponerla a la venta cuanto antes, bajo el sello de dicha editorial, a cambio de un porcentaje de las ganancias.

En el proceso de maquetación se derivaron una serie de gastos que repercutieron negativamente en los beneficios obtenidos por el autor. Para empezar, por el cambio de diseño de la cubierta, que pasó de un verde oliva pardo a un amarillo pálido. Finalmente, se decidió que debía ser hecha sobre rojo terciopelo y con las letras doradas en relieve, lo que elevó aún más los costes de publicación. Por otra parte, también tenía los cantos de las páginas bañadas en dorado y esto aumento aún más el precio de producción.

Más, a pesar de todos estos caprichos del propio Dickens para hacer que su obra luciese de la forma más atractiva posible, lo cierto es que "Canción de Navidad" fue un éxito en sus primeros días a la venta. El 19 de diciembre de 1843 estaba en las estanterías de algunas librerías de Londres y ciudades cercanas, y para Nochebuena ya se había vendido la primera edición, de seis mil ejemplares. Y eso, teniendo en cuenta que el precio era bastante elevado para la época, unos cinco chelines por ejemplar, lo que supondrían unas veintitrés libras de hoy día.

Pero, incluso así, a lo largo de todo el año siguiente se lanzaron un total de once ediciones y se vendieron más de quince mil ejemplares antes de finales de 1844. Para esas fechas, los primeros ejemplares llegaron a Estados Unidos de la mano de las editoriales "Harper And Brothers" y "Carey & Hart". El éxito fue rotundo en el país americano y pronto se convirtió en una lectura obligada para las fechas navideñas en todo la nación.

Cabe destacar que, con el comienzo del siglo XXI, se estima que el número total de copias vendidas en todo el mundo podrían superar los cincuenta millones de ejemplares. Sin embargo, este dato no es posible asegurarlo, ya que no existen datos registrales de otras épocas de entreguerras.

CONCLUSION

En definitiva, teniendo en cuenta todo lo expuesto, podríamos decir que Charles Dickens fue el inventor de una nueva forma de festejar la Navidad. A pesar de su ambigua forma de expresar sus ideas religiosas, lo que sí queda claro es que intentó que "Canción de Navidad" no fuese una obra que sólo pudieran leer o interpretar personas de creencias cristianas, sino que fue más allá de eso y la convirtió en una novela secular, pues ahonda en los principios básicos de cualquier ser humano.

Nos expresó su deseo de que fuéramos mejores personas cada día, no sólo durante las fiestas navideñas, pero nos obligó "de alguna forma" a conectar con nuestro lado más solidario y altruista en esas fechas. Quería que pusiéramos nuestro granito de arena para hacer de este mundo un lugar más amable, más empático y más cómodo para todos los que habitamos en este mundo.

Por mi parte, debo decir que Dickens me influyó desde niño para amar la Navidad como mi fiesta favorita, pero también me ha marcado como escritor, pues de sus textos incisivos contra las desigualdades sociales, es de donde he tomado muchas referencias que definieran mi estilo literario.

Ya que esto es sólo una pequeña tesis sobre la novela, si deseas saber más cosas sobre "Canción de Navidad" y todos los detalles de la obra, puedes acceder al enlace siguiente **https://es.wikipedia.org/wiki/A_Christmas_Carol**

¡Feliz Navidad!

Biografía del autor

José Ramón Navas es historiador, investigador y escritor. Es uno de los escritores independientes más leídos en lengua castellana y algunas de sus obras han sido traducidas a diferentes idiomas. También ha destacado en su labor como profesor de cursos de escritura y miles de alumnos y alumnas han aprendido esta disciplina en diferentes países.

- *Profesor recomendado de la web académica udemy.com, con una puntuación media de 4,5 sobre 5.*
- *Considerado uno de los 10 profesores de escritura que hay que seguir en twitter, según la web campus.exlibric.com*
- *Dos de sus cursos están entre los 5 más recomendados para aprender a escribir ficción, según la web menteslíberadas.com*
- *Su curso de escritura creativa está entre los 7 más recomendados, según la web estudiacurso.com*
- *Dos de sus cursos online están entre los 10 mejores, según la web ooed.org*

Otras Obras Publicadas por el Autor (Todas están disponibles en Amazon, en formato papel y formato Kindle)

1. *Las Crónicas de Elereí 1 – La Era de la Oscuridad*
2. *Las Crónicas de Elereí 2 – Las Profecías de Nêrn*
3. *Las Crónicas de Elereí 3 – Ârmagethddon*
4. *Las Crónicas de Elereí 4 – Lemuria*
5. *Leyendas de Elereí – Arkhan Erghzyl*
6. *La Habitación Acolchada 1. Relatos de Terror y Suspense de Canarias*

7. *La Habitación Acolchada 2. Relatos de Brujas de Canarias.*
8. *La Habitación Acolchada 3. Relatos de Fantasmas de Canarias*
9. *Las Concubinas del Mal*
10. *La Maldición de la Bruja Negra*
11. *Otro Cuento de Navidad*
12. *¡Atrévete con la Escritura! Curso de Escritura Creativa, de relatos y novelas.*
13. *Diario de un Vampiro. Preludio de la Saga de Lamashtu.*
14. *Saga de Lamashtu 1. Los Descendientes*
15. *Tras Esos Muros*
16. *Fauces Sangrientas. Aullidos en Lanzarote*
17. *15 Técnicas Imprescindibles de Escritura Creativa*
18. *Hijos de Asgard 1. La Profecía de los Aesir*
19. *Vagando en la Noche. Relatos Vampíricos. Volumen 1*
20. *Gritos en la Oscuridad*
21. *Donde la Muerte Habita. (Relato. Antología "Tiempo de Leyendas". Editorial Fundación)*

Si crees que esta novela merece una reseña en Amazon, querido/a lector/a, te estaría muy agradecido de que la escribieras. De este modo también ayudarás a otros potenciales lectores para que se animen a comprar este libro.

También puedes visitar mi web o seguirme en las redes sociales y podremos interactuar con más cercanía.

X: @JRNavasescritor
Instagram: @jrnavas_escritor
Tiktok: @joseramonnavas
Web: jrnavasj.wix.com/jrnavas

Made in United States
Troutdale, OR
11/15/2024